Gaea

ISLAND
噩盡島 12
莫仁——著

噩盡島 12

目錄

ISLAND 噩盡島

登場人物介紹

■ 乍看有些白淨文弱的少年。個性冷漠，不喜與人接觸，討厭麻煩，遇事時容易失控。
■ 巧遇鳳凰換靈，身負渾沌原息，持有影妖凱布利。
■ 裝備：金犀匕、血飲袍、牛精旗

沈洛年

■ 具有喜慾之氣的白色巨狐，個性精靈調皮。三千年前因故留在人間。
■ 不慎與沈洛年訂下「平等」誓約；目前正處於閉關狀態中。

懷真

■ 個性負責認真，稍有潔癖，有時容易自責。
■ 隸屬白宗，現任白宗宗長。發散型，專修爆訣。目前正學習道術五靈中的炎靈。
■ 裝備：杖型匕首、戒指／並無引仙

葉瑋珊

■ 體育健將。個性樂觀開朗善良，頗受歡迎的短髮陽光少年。
■ 隸屬白宗，內聚型，專修柔訣。對於武學頗有研究，是白宗的武學指導。
■ 武器／狀態：黑色長棍／並無引仙

賴一心

■ 個性粗疏率真，笑罵間單純直接，平常活潑好動、食量奇大。
■ 隸屬白宗，內聚型，專修爆訣。
■ 武器／狀態：古銅色彎刀／煉鱗引仙

瑪蓮

- 個性冷靜寡言，表情不多，愛穿寬鬆運動外套、黑色緊身牛仔褲與短靴。
- 隸屬白宗，發散型，專修柔訣。目前正學習道術五靈中的凍靈。
- 裝備：銀色細窄小匕首、黃絨墜項鍊

奇雅

- 有一副娃娃臉，平時臉上表情不多。跳級就讀高中，被沈洛年引入白宗。
- 隸屬白宗，內聚型，專修爆訣。
- 武器／狀態：雙手長刀／獵行引仙

吳配睿

- 體格輕瘦，喜歡選輕鬆的事情來做，頗有點小聰明。外號：蚊子。
- 隸屬白宗，內聚型，專修輕訣。
- 武器／狀態：銀鍊軟劍／千羽引仙

張志文

- 稍矮胖，給人穩重感。在不熟悉的人面前不多話，善於分析情況，常給瑋珊許多建議。外號：無敵大。
- 隸屬白宗，內聚型，專修凝訣。
- 武器／狀態：短雙棍、小弓箭／煉鱗引仙

黃宗儒

- 個性憨直開朗，講義氣，很好相處，常和張志文一搭一唱。外號：阿猴。
- 隸屬白宗，內聚型，專修輕訣。
- 武器／狀態：細長窄劍／揚馳引仙

侯添良

- 美艷，身材修長豐滿，最初隸屬白宗，後因故加入總門。善於察言觀色，巧於心計。
- 隸屬總門的道武門人，發散型，爆輕雙修。
- 武器：匕首

劉巧雯

■ 個性溫柔和善，但決斷力稍弱，心腸與耳根子皆軟。是葉瑋珊的舅媽。
■ 隸屬白宗，為白宗前任宗長，發散型，專修爆訣。
■ 武器：匕首

白玄藍

■ 白玄藍丈夫，聲音低沉。對古文頗有研究，十分疼愛白玄藍。
■ 隸屬白宗，內聚型，輕柔雙修。
■ 武器：五節劍

黃齊

■ 麟犼幼獸，原形為龍首、馬身，全身赤紅，腦後一大片金色鬃毛。
■ 對奇怪的事物充滿好奇心，人形為夏威夷混血少女。

餤丹

■ 窮奇幼獸，原形為白色紫紋、脅生雙翅的虎狀妖獸。和羽霽是從小玩耍吵鬧的玩伴。
■ 討厭一般人類，但特別喜歡聞不可理喻之人的氣味。人形為金髮碧眼女娃。

山芷

■ 畢方幼獸，原形宛如巨鶴，全身披帶著紅色紋路的藍色羽翼，只有單足。
■ 因為玩伴被洛年搶走，因此對沈洛年特別有敵意。人形為黑髮黃種女娃。

羽霽

前情提要

沈洛年助寓鼠族消滅雙生山魈，遷徙大隊在妖仙翔彩護送下安抵歲安城外；為避免與總門衝突沈洛年獨自離去，在搜索新大陸途中，碰上正被犬族圍困的月影團；驚險脫困後，眾人登上噩盡島，月影團長老為沈洛年畫出他原本已打消念頭的魔法陣……

ISLAND
不該有的顏色

沈洛年站在魔法陣外側，仔細看了看文森特，看他似乎並沒有什麼惡意，反而帶著點期待，沈洛年不大明白，試探地說：「算了吧，我知道我不適合學。」

文森特有點意外地看了沈洛年一眼，搖頭說：「沃克經驗不足，不知沈先生魔力頗豐，我可是看得出來……既然沈先生恰好有意願學習魔法，試試無妨。」

「呃？」沈洛年微微一愣說：「怎麼看的？」

「精靈對魔力會有反應。」文森特說：「我和沈先生接近時，從精靈的反應回饋可以大略猜測出，沈先生的魔力量應足夠締約所需……沃克和精靈的溝通時間只有三、四十年，還沒法判斷出這麼細微的訊息。」

三、四十年還算短啊？沈洛年想了想，終於直說：「你應該知道，我學不會咒語的。」

「不會咒語，就代表不能使用魔法。」沈洛年皺眉說：「那爲什麼還要幫我締約？這魔法陣這麼大，畫得不累嗎？」

文森特似乎沒料到沈洛年會說出這番話，他疑惑地說：「沃克告訴你的嗎？」

「不是，他只說大人很難學。」沈洛年皺眉說：「我猜的。」

文森特遲疑了一下，終於苦笑說：「沈先生說得沒錯，咒語失之毫釐、差之千里，因爲沒有從小學起，沈先生日後恐怕無法施咒……事實上，魔法本就不能濫傳，就算沈先生能學，我們『月影團』也要經過一段時間的仔細審核，才能做出決定。」

「所以你是想幹嘛？」沈洛年一轉念說：「你們怕我聽到不能學生氣，所以隨便畫個假陣來唬弄我？不過看起來很費工夫呢。」

「不，這是眞的締約用魔法陣。」文森特搖頭說：「裡面包含二十四個魔法文字組成的一百一十三個字，不能有一個字出錯，雖然我知道沈先生無法使用魔法，但我卻是眞心想讓沈先生和精靈締約。」

沈洛年左想右想還是不懂，終於忍不住說：「媽的，搞不懂，我就算有魔力也不是聰明人，你直接說原因吧。」

「我得先向沈先生致歉，今日這魔法陣，出自我們的一點私心。」文森特苦笑說：「沈先生曾提過變體、仙化之事，這些過程能取得強大的體能，對魔法師來說，確實十分具有誘惑力……不過，我們還是有點擔心，不知道變體、仙化與魔法締約這兩件事情，是不是能並存。」

原來想拿我當實驗？沈洛年瞪眼說：「你……」

「沈先生請別誤會。」文森特已經先一步說：「變體、仙化直接改變體魄，應該是不可逆的。和精靈的聯繫與締約，卻十分脆弱……所以如果兩者不能並存，一定是無法締約，或者聯繫消失，不會影響變體者本身的能力。」

沈洛年明白了，點頭說：「你的意思是……用我測試看看，如果不能並存，也只是無法締約；若可以並存，我反正以後一樣不能使用魔法，讓我立了約也沒差，至少你們可以放心變體？」

「呃……」看沈洛年說得這麼直白，文森特尷尬地說：「畢竟沈先生沒有損失。」

「是沒錯。」沈洛年瞪了文森特一眼說：「但是如果你直說的話，我感覺會好點。」

「眞抱歉。」文森特說：「不過沈先生，就算不能使用魔法，和專屬精靈相處一段時間之後，也會有些好處。」

「哦？」沈洛年起了興趣說：「什麼好處？」

「比如……遇險之前，精靈可能會提早示警，有些狀況，精靈也會做出指引。」文森特頓了頓又說：「甚至以後，可能可以使用一些簡單的咒語。」

聽到最後一句，沈洛年一怔說：「那要多久？」

文森特遲疑了一下，有點尷尬地說：「只要每日冥思兩小時，大概一、二十年，就可以有基本的聯繫……」

「去你的一、二十年！」沈洛年忍不住笑罵。他飄身掠到中央圈子內，好笑地說：「別說這些了，沒好處也沒關係啦，想測試就測試吧。」

「是。」文森特似乎怕沈洛年反悔，連忙說：「請沈先生站在圈中，我唸咒語的時間約十分鐘，請勿說話或移動。」

「好。」沈洛年點點頭，眼看文森特開始喃喃地唸著一個個古怪的音節。隨著他默唸的過程，地上的那些古怪符號開始一個個閃耀著淡淡藍色光華。

沈洛年看著那些浮現光華的怪字，心中一面想，這些顏色，和四訣顏色似乎不大一樣，文森特的魔法是藍光，並沒有柔凝炁勁的濃重感；瓊的紅光，也不像是葉瑋珊那爆炸性的紅色炁息……更特別的是剛剛杜勒斯的白光，炁息四訣中，根本沒有這種光芒，還挺好看的呢。

至於沃克和基蒂，可就記不大得了……對了，那時門口守護陣應該是基蒂的，記得那是紫光，和黃宗儒那凝結如實的凝訣炁牆根本完全不同，有空得問問這些顏色代表什麼意思。

又過了片刻，瓊和基蒂也悄悄走近旁觀，雖然兩人都沒說話，但這麼站在場中讓人觀賞，沈洛年實在感覺有點古怪。

還好十分鐘很快就過去了，隨著最後一個字符放出藍光，整個魔法陣同時閃出光色，往上泛起，一個數公尺高的藍色光柱，彷彿極光一般地浮動閃耀，籠罩著沈洛年全身。

同時，沈洛年感覺周圍空間古怪地變化著，彷彿人間、仙界起了聯繫，有股力量正透過自己，朝仙界傳遞出去。

一般受術締約者，並沒有這麼深刻的感受，只因爲沈洛年本身體內充塞著道息，對於這種與仙界的感應本就比一般人敏感，才很清楚這法術的細節。過了片刻，沈洛年發現那股力量似乎在仙界產生了呼應，有股奇異的……也許該稱爲靈覺的東西，和自己產生了古怪聯繫，那東西似乎很近，但又似乎很遠，也許就像仙界和人界一樣，明明是相連、重疊的，卻又根本上是兩個不同的世界。

此時藍色的光芒漸漸往下消退，被另外一種光芒取代，這一瞬間，瓊、基蒂、文森特同時輕呼了一聲，臉上都透出了意外的表情。

怎麼回事？沈洛年見三人都望著自己頭頂上方的霞光，他一時還搞不清楚狀況，直到藍色霞光退到了頸下，另一種光芒開始滲透沈洛年身軀的時候，他才發現讓他們驚呼的原因……那另外一種光色，居然是一種如凝血般的深深暗紅，比血飲袍的暗紅色還要更濃三分，讓人看了頗有點不舒服。

沒花多少時間，暗紅如血的光色，完全取代了那清雅的藍光，浸透了沈洛年全身。地面上所有咒文轉爲血色，光柱仍慢慢地往下消退，直到最後連咒文的光色也慢慢散化。片刻後，所有光芒終於全部消失，這片沙灘恢復了原來的模樣，只剩下沈洛年一個人站在這法陣圈中。

這就是締約嗎？現在自己也有了專屬的精靈嗎？確實感覺到有股蘊含著靈覺的力量，纏繞著自己周身……只不過看不到，照輕疾的說法，那東西其實身在仙界，但怎麼總覺得黏在自己附近？他要這樣跟著自己一輩子嗎？沈洛年不禁有點後悔。

他望了望文森特等三人，見三人都傻傻地看著自己，沈洛年不知道這法術到底完成了沒，也不敢開口。兩方正大眼瞪小眼的時候，基蒂突然驚呼一聲說：「失敗了嗎？」

失敗了？沈洛年目光轉了轉，瞄了文森特一眼。

「沒失敗。」瓊透過老花眼鏡，瞇著眼睛搖頭說：「已經立下契約、召喚了專屬精靈。」

「那他怎麼和沒事一樣？」基蒂詫異地說。

完成了嗎？沈洛年瞪了文森特一眼。

文森特本來也是有些迷惘，看了沈洛年的神情，突然回神，忙說：「沈先生，可以了。」

「早說嘛！」沈洛年飄了出來，一面望著基蒂說：「怎麼回事？我應該有什麼事？」

「締約消耗的魔力很大啊。」基蒂上下看著沈洛年，迷惘地說：「我和杜勒斯都是締完約就昏倒了呢。」

難怪自己剛剛覺得有點兒累？不過好像還好啊，沈洛年聳聳肩說：「也許我的精靈比較客氣。」

「不是這樣。」文森特看來也很意外，搖頭說：「沈先生的魔力總量似乎特別大，難道變體除了增強體魄，也會增加魔力？」

該不會吧？沈洛年聳聳肩說：「不知道。」

文森特正疑惑地望著沈洛年，基蒂已經興奮地說：「啊！對了，沈先生是變體者，這豈不代表我們可以變體？」

「嗯。」瓊看了文森特一眼，緩緩說：「看來是可以。」

看樣子基蒂並不清楚文森特的打算，但卻瞞不過瓊。沈洛年見文森特似乎有點不好意思，也不多說，只說：「好吧……不過這精靈總跟著自己倒不大習慣。」

「你能感覺得到精靈？」文森特驚問。

正常人不能嗎？沈洛年有點意外。

「開玩笑吧？我花了十年冥思才開始漸漸感覺到耶。」基蒂詫異地說。

瓊開口問：「沈先生，你感覺得到精靈的意念嗎？」

沈洛年搖了搖頭說：「沒有。」

「那似乎又不大像……」瓊說：「我們通常是從意念開始感應的。」

那應該和自己身體對仙界的聯繫有關吧。沈洛年不多提此事，反正自己只是個實驗品，又不是眞能學魔法，他搖頭說：「去吃東西吧，早點出發，今晚要趕到歲安城。」

「啊！」基蒂忽說：「沈先生入了月影團，應該拋棄掉姓氏啊，要換個新名字嗎？還是就用洛年？這東方名字，唸咒語會不大順吧？怎沒先取好？」

沈洛年聽到這話暗暗好笑，瞄著文森特，看他要怎麼解釋。

文森特看到沈洛年的目光，不禁有點尷尬，只說：「基蒂，我會和沈先生討論的，先去吃早餐。」

基蒂畢竟也是神童出身，一開始的興奮過去，慢慢也發覺有些不對，她目光在幾人身上轉了轉，微微皺眉，轉身往人群奔去。

□

爲了避免基蒂和杜勒斯多問，導致文森特難堪，沈洛年除了一開始指引路途外，大部分時間都離眾人頗遠。

文森特等一行人，隨隊而行的時候，並不使用魔法，就這麼慢慢地沿著噩盡島東側往北繞。中午烈日當空的時間，眾人在東北角找個陰涼處小作休息，準備等太陽緩和後，一鼓作氣地走到歲安城。

進食過後，眾人正休息，沈洛年思考片刻，走近文森特等人，打了個招呼。

而文森特似乎已經給其他人一個合理的說法，比較年輕的基蒂和杜勒斯，雖然很好奇地看著沈洛年，卻沒開口說話。

沈洛年看看眾人，開口說：「我不陪你們過去了，只要沿著高原山腳走，大概再走二十多公里，就能看到歲安城，這一路上沒有妖怪，你們又會魔法，應該沒問題。」

「沈先生？」文森特詫異地說：「您另外有事？」

「不是。」沈洛年說：「歲安城那兒負責管理的道武門總門人，說我是採花賊，還說我和妖怪勾結對付人類，所以我不能去，會起衝突。」

基蒂一愣說：「採花賊是什麼？」她中文雖然也說得溜，但畢竟年輕，知道的詞彙有限。

基蒂這麼一問，眾人一下子都說不出話來，最後還是沈洛年自己說：「採花賊，就是強姦犯。」

基蒂只比沈洛年大上幾歲，雖然對他稱不上好感，但卻挺有親近之意，聽到「強姦犯」這三個字，她忍不住瞪大眼說：「不是……不是真的吧？」

「當然不是。」沈洛年哂然說：「不過因爲他們有權力，相信的人不少。」

「那應該想辦法證明你的清白啊。」基蒂說。

「太麻煩了。」沈洛年搖頭說：「而且我也無所謂。」

眾人沒想到沈洛年會這麼說，一陣沉默之後，沈洛年又說：「你們最好別提遇過我，就說自己想辦法找去的，會省不少麻煩……除了……」

見沈洛年突然停頓，文森特詢問說：「沈先生？」

和他們說應該沒關係吧？沈洛年想了想說：「你們想變體的話，應該會去找道武門的人……道武門有個『白宗』，宗長是個姓葉的女孩子，他們是我朋友，人不錯，能力也很強，建議你們找他們合作。至於道武門總門的人，大多都是渾蛋，最好別理會。」

「既然沈先生在道武門有朋友，爲什麼還會被人污衊呢？」沃克插口問。

「因爲白宗他們忙著在世界各地救人，十天前才到歲安城，而且爲我和總門起衝突也不好……」沈洛年想想又說：「你們都是天才，腦袋很好，可以的話，幫我朋友出點主意，他們太好心了……媽的，有個笨蛋又太熱血，說不定會被人騙。」

眾人互望了望，最後還是文森特說：「我們如果幫得上忙，會盡力。」

「就這樣吧，麻煩你們了。」沈洛年說。

文森特說：「沈先生這就要走了嗎？」

「對。」沈洛年說：「他們正到處找我，這兒已經離歲安城太近，說不定隨時會遇到搜索隊。」

「你就這麼一個人……」沈洛年雖然能力很強，但看起來也只是個小弟弟而已，基蒂大起同情心，走近兩步說：「以後有什麼計畫嗎？」

「嗯。」沈洛年點點頭說：「我要去找寶物。」

「啊？」眾人都吃了一驚。

「沒什麼，這是我的私事。」沈洛年轉身說：「你們保重。」

「沈先生。」微微弓著身子的瓊，突然說：「請稍等一下。」

正要喚出凱布利的沈洛年一怔說：「怎麼？」

瓊望著沈洛年說：「沈先生精靈擁有的魔力是暗紅色的，很讓人擔心，請你遇到事情之後，多想一陣子再做決定。」

她若不提，自己倒忘了問顏色的事，沈洛年說：「暗紅色怎麼了？」

瓊看了文森特一眼說：「文森特說得比較清楚，你來解釋吧？」

文森特點點頭，接口說：「在締約儀式中，有一部分的魔力藉著魔法陣散出，以之吸引精靈前來。這精靈和締約者內心深處的本質會有某種契合，才會願意簽訂契約，而這個本質，會從光色中顯現……一般來說，有紅、藍、黃、白四個基本色，分別代表著不同的個性。」

「對了，瓊是紅的，你是藍的。」沈洛年說：「這些代表什麼？」

文森特說：「顏色代表著一種最內在深沉的基本類別，但知識、修養、身分、習慣，都會影響那個人的表現……所以相同顏色，並不代表會有一樣的個性，只是一個歸納的方向。」

「喔？」沈洛年指著基蒂說：「可是她是紫的，不是那四種。」

「你還記得啊。」基蒂露出笑容說：「所以我的本質，在紅、藍之間，比較偏藍。」

原來是這樣，沈洛年點頭望向沃克說：「你的顏色呢？」

「橙色。」沃克說：「紅、黃之間，偏黃。」

「好吧……簡單點解釋？」沈洛年望著文森特說。

文森特說：「紅色表示熱情、膽識、勇氣；黃色代表忠誠、勤勞、敦厚；藍色是精明、冷靜、公正；白色是自信、抱負與節制……各自的缺點就先不提。」

這麼多誰會去記？沈洛年直接問重點說：「暗紅呢？」

「應該不會有這種顏色。」文森特苦笑說。

「嗄？」沈洛年大皺眉頭，自己眞是怪物嗎？

「其實還有一種顏色……」文森特說：「就是黑色。」

既然有白，理當有黑，沈洛年點頭說：「黑代表怎麼回事？」

「黑色代表無序、失控、破壞。」文森特說：「雖然教養、禮儀和知識，可以做一定程度的約束，但本質偏黑的人還是十分危險，所以這種顏色若是在締約時出現，過去的慣例是不會傳授此人魔法。」

壞蛋就對了？沈洛年懂了，點頭說：「所以我是黑、紅之間，然後偏黑？」這也挺有可能，自己確實不是好人，反正本來就學不會，不教也沒差。

「任何顏色被黑色混上，又怎還能顯色？」文森特苦笑說：「所以我們才說，沒聽過這種顏色。」

那到底是怎樣？說來說去還是等於沒說。沈洛年搖搖頭正想告辭，瓊再度開口說：「沈先生，關於這光色，我有些猜測。」

「請說。」沈洛年望著瓊說。

瓊緩緩走近，握著沈洛年的手，凝視著他的眼睛說：「我認爲，這少見的暗紅色，代表著你心中雖然有黑暗的一面，這黑暗卻掩不住強烈的熱情與勇氣……但紅色的缺點是狂野、粗疏和暴躁，希望你別讓這部分的情緒，掩蓋了你的靈智。」

就算對方只是個老婆婆，沈洛年仍不大習慣和人這樣接觸。他輕輕抽出手笑說：「說不定其實是黑暗掩不住我的狂野、粗疏和暴躁呢？」

瓊搖搖頭說：「那你就不會拯救我們了。」

「這可難說，我也只是剛好碰上。」沈洛年說。

「文森特。」瓊回頭說：「我想教沈先生一個咒語，可以嗎？」

文森特微微一愣，有點爲難地說：「瓊？」

「沈先生幫了大忙，又自願幫忙測試，解決了一個大疑惑……我們也沒什麼可報答的。」瓊說。

「不用啦。」沈洛年說：「咒語我學不會。」

「一直唸下去，加上定期冥思，精靈總有一天會懂的。」瓊說。

媽啦，我才沒這耐心！沈洛年正想拒絕，卻聽文森特說：「瓊，妳想教他哪種咒語？」

「守護陣。」瓊說：「就算學會了，也對人無害。」

「瓊阿婆，我沒這耐心啦。」沈洛年又插口說。

文森特似乎有點意動，沉吟間，瓊又說：「我本質也是難以控制、容易失控的紅色，當初老師教我魔法的時候，也從守護術開始的。」

不理我？沈洛年正瞪眼，文森特已經點頭說：「好吧。」

瓊一喜，回頭拉著沈洛年往外走，一面說：「我來教你。」

「阿婆，我眞的很沒耐心，不會去冥思啦。」沈洛年苦著臉說。

「我知道，我也是紅色的，也很沒耐心。」瓊微笑說。

「呃……」沈洛年愣了愣說：「但是聽說妳和精靈幾乎已經到合爲一體的境界了。」

「合爲一體？還早呢，不過只要每天花幾個小時，確實會漸漸感到不同之處。」瓊搖搖頭又說：「我們雖然沒耐心，但是若對某件事起了興趣，又感覺得到進展，往往會比其他人都還狂熱，不是嗎？」

是這樣沒錯，比如最近這幾個月，就有點過度沉迷於鍛鍊精智力，不過這也是頭痛痛怕了……沈洛年想了想說：「可是……再怎麼樣也要幾十年吧？我恐怕沒興趣開始。」

「應該不用這麼久。」瓊說：「你只學一種咒語，精靈容易分辨，幾年內應該就稍有感應，可以試著運用。」

幾年也很久啊！沈洛年皺眉說：「說實在話，這對我幫助不大吧？爲什麼一定要我學？」

瓊遲疑了一下，終於說：「冥思對心靈修養很有幫助，我現在就比年輕時有耐心多了。」

「呿。」沈洛年搖頭說：「不用了阿婆。」有時間的話，還不如鍛鍊精智力，誰有空花十幾年冥思？

「拜託你學好嗎？」瓊抓著沈洛年的手說：「看到你的光色和言語，我很擔心……你還年輕，這麼早就憤世嫉俗、遺世獨立，不是好事。」

沈洛年正想拒絕，但見對方弓著身子、老態龍鍾地懇求自己，又有些不忍。想了想，沈洛年說：「好啦，我學就是了。」反正自己以後不練習她也不知道，花點時間讓這老人家安心，就當是做善事。

瓊鬆了一口氣，開口說：「那好，我教你三組最基本的咒語，首先是起始咒——『美納姿．洛年，恩所茲．佩索』，之後是守護陣咒『歐爾．歐索．烏登』，最後是三個強度咒，在這兒表示範圍大小，分別是『戴格』、『肯納茲．戴格』和『蘇里薩姿．肯納茲．戴格』。」

沈洛年直了眼睛，傻了幾秒才說：「不會是要我把這些嘰哩咕嚕背起來吧？」

「當然要啊，我從起始咒開始解釋。」瓊說：「每個咒詞，都有很多不同的意思，不同組合下，會產生不同的效果，我只教你用得到的意思……美納姿在這兒是『自己』，恩所茲是『言語』，佩索是『超自然力』，加上你的名字洛年，合起來就是『藉我洛年之語，釋放魔力』的意思。這是每一個口誦魔法咒語的起始咒，和精靈交流到一個程度之後，可以慢慢簡化、省略掉起始咒。」

沈洛年腦海一片空白，愣了愣才說：「喔。」

瓊可沒這麼好應付，她臉微沉說：「我剛說什麼？你說一次。」

「呃？」沈洛年沒想到被抓包，苦著臉說：「阿婆，能不能不學啊？」

「不行，你答應我了。」瓊瞪眼說：「還有，叫瓊就好，不要叫阿婆！」

「嘖，好啦！」沈洛年倒不好不認帳，只好說：「那妳再說一次，慢一點。」

瓊經過數十年冥思，果然已經很有耐心，她露出滿是皺紋的笑容，慢慢地重說了一次。

就這麼過了一個多小時，沈洛年總算勉強把一個守護陣的三種變化背起來，還學會了與精靈溝通的冥思方式，他唸咒語的口音理所當然地不準，瓊雖然指點了許久，沈洛年總是分不出自己和瓊唸的音調哪兒不同，也只能將就死記。

直到文森特等人再度走近，沈洛年一轉頭，見那群村民也紛紛起身，他如逢大赦，忙說：「瓊，你們該出發了。」

瓊一怔，回頭看了看說：「你的語調還差很遠……」

「沒關係啦。」沈洛年隨口說：「讓精靈去悟，久了他就會聽懂了。」

瓊也不知該怎麼說，只好再多說了幾個重點，直到文森特等人都走了過來，瓊終於停口。

沈洛年可有點感激其他人的出現，連忙過去道別，最後才又和瓊說：「我走啦，瓊。」

「要記得每天冥思。」瓊說。

瘋子才每天冥思！沈洛年不回答這句話，只揮揮手飄起說：「再見了。」話聲一落，他讓凱布利托起自己，迅速地向著空中騰起，往西方掠去。

見沈洛年過沒幾秒便消失在山巔，杜勒斯忍不住走近說：「瓊，暗紅色眞是那意思嗎？」

「杜勒斯。」瓊摸了摸杜勒斯的頭，微笑說：「你覺得沈先生是好人還是壞人？」

「沈大哥……應該是好人吧？」杜勒斯沒什麼把握地說。

「我也相信他是好人。」瓊說。

杜勒斯懂了，點頭說：「既然他是好人，暗紅色就只能那樣解釋了。」

「文森特。」沃克說：「只剩二十多公里，要不要用魔法讓大家快點到？」

文森特搖搖頭說：「魔力的量有限，補充又需要充分的休息，而且既然距城市近了，爲避免困擾，我們能不用還是盡量別用。」

「文森特。」基蒂說：「這世界變成這樣，我們應該不用繼續隱瞞魔法的能力了吧？應該不會被排斥了……而且我們不是想變體嗎？若不說出魔法，道武門怎會願意？」

文森特沉吟說：「這話沒錯，但一說出口，我們的魔法難免爲人所用……既然那『歲安城』有幾股不同勢力，我們會魔法的事情，最好還是先保密，過一段時間再說。沃克，記得提醒村人一聲，請大家守密一段時間。」

「是。」沃克說。

「咦？沈大哥不是說白宗是好人嗎？」杜勒斯問。

「雖然沈先生對我們有恩，但仍不可盡信人言，我們自己得先觀察。」文森特說。

「喔。」杜勒斯畢竟早熟，一點就通，點點頭沒繼續問下去。

□

接近傍晚的時間，文森特一行人，終於繞過了東北方海岸，遠遠看到了一個彷彿城牆般的龐大建築物，上下裡外似乎正有不少人忙碌地工作。

文森特等人一陣興奮，加快腳步的同時，卻見兩道黑影倏然從那城牆後冒起，展翅飛近，在高空中盤旋兩圈後，逐漸下落，朝眾人接近。

那兩道黑影，雖然有著人類的軀體，穿著人類的衣褲，卻張著巨大的鳥翼，身上、臉上披著細密的絨毛，兩眼圓滾滾地看著眾人，看來正是妖怪。村民們當然是縮成一團，文森特等人站在前方，心中也頗爲驚慌，沈洛年明明說這兒是人類的居所，怎麼冒出了妖怪？而對方似無惡意，該不該先出手？

「你們是人類嗎？」那鳥妖吐出了女子聲音，古怪的是，居然說的是有點生澀的英語。

不知道什麼原因，一路上，遇到友善、願意說話的妖怪，幾乎說的都是中文，不過妖怪想說什麼語言都無所謂，肯說話就好，文森特忙用英文回答：「我們是人類。」

這時從城市那端，一群人影快速奔了出來，朝這方面接近。兩個鳥形妖怪對看一眼，飄到眾人面前落下，看眾人害怕的模樣，她們聳聳肩，身上的鳥羽漸漸消退，臉上絨毛跟著消失，露出年輕秀麗的東方臉孔，巨翼也緩緩縮化爲柔美的女子手臂。女子把身後的短披肩攏到胸口，遮掩住腋下的裸露肌膚，用英文微笑說：「別怕，我們不是怪物……嗯……我們英文，只會一點點，請等一下。」

見女子是東方面孔，文森特幾種語言交錯地說：「中文，或者韓文、日文我們都會說。」

「喔？老先生會這麼多語言？」較高的那名女子一喜，笑嘻嘻地換中文說：「會說酖族語嗎？」

文森特一愣間，那女子一笑說：「我開玩笑啦，我們是白宗引仙部隊中的千羽支隊，我叫昌珠。」

另一名女子微笑接口說：「我是羅紅，你們沒有炁息呢，都是普通人嗎？怎能找到這兒來？」

沒想到這麼快就遇到白宗人了？文森特正想說話，從城那端，三十餘名持劍軍裝隊伍正快速奔近，女子回頭一笑說：「總門派人來了……總之到這兒就安全了，放心吧，讓他們接你們，我們回去輪值。」接著兩人再度仙化展翅，朝城牆那端飛去。

那兩名女子飛過軍裝隊伍的時候，上下兩方還笑嘻嘻地交換了幾句，看來關係頗良好，杜勒斯看了有點迷惑，拉了拉基蒂的手說：「基蒂，白宗和總門關係好像不錯？」

「只看這樣還看不出來，而且剛那兩個白宗的口音，不像是台灣人。」基蒂微微搖頭，一面說：「先別提這些事了。」

「嗯。」杜勒斯忙點頭，一面閉上了嘴。

不久之後，那群穿著軍裝的總門部隊趕至，文森特、瓊、沃克當即迎上，和對方溝通與自我介紹。

溝通的過程中，雖然那些部隊不時用疑惑的目光看著眾人，似乎對這群普通人能靠著自己找來噩盡島歲安城覺得有些匪夷所思，但後來也被文森特說服了，總門部隊當下領著眾人往歲安城走，一面在旁護衛。

「聽說這兒也有幾萬美國人。」沃克這時退了回來，低聲對基蒂、杜勒斯以及其他村民說：「大多是夏威夷歐胡島遷來的，他們會把我們帶去那地區居住。」

「那就太好了。」基蒂看剛剛那些總門部隊也都是東方人，其實頗有點擔心風俗不同，住起來不適應。

「不過這兒還是黃種人居多。」沃克說：「其中大概有一半是台灣人。」

「那不就是沈……」基蒂頓了頓說：「不就是他來的地方嗎？居然這麼多人活著？」

「聽說白宗領頭的十幾人，也是出自台灣。」沃克說：「爲什麼救來的台灣人特別多就不清楚了。」

「大哥說他們到處救人啊。」杜勒斯說：「從故鄉開始很正常吧。」

「不過能護住這麼多人，應該不是十幾個人能辦到的。」沃克頓了頓說：「反正以後慢慢就會了解，不急於一時。」

基蒂與杜勒斯同時點了點頭，都安靜了下來。

眾人一面走，一面遠遠望著那人類建造的都市，這近一年來的提心吊膽生活，是不是終於要告一段落？這被稱爲噩盡島的地方，是不是眞的能把人類的噩夢終結掉？

ISLAND
臉皮還真厚

沈洛年那日和犬族壺谷族長一戰，在凱布利被炸散的一剎那，被迫和對方近身交戰，雖只是短短的一瞬間，卻在生死之間來回了好幾次。當時只顧拚命，沒想太多，事後回想，越想越是不妙，自己死了無所謂，卻忘了也會把懷眞給害死，若只爲了救幾個陌生人就害死懷眞，那可眞是死不瞑目。

而總門老想找自己麻煩，也不知道會派人搜索多久，歲安城附近反正是住不安穩，沈洛年想了一日，暗暗做了決定……這幾年乾脆去多找些寶物，等懷眞出關後，先通通送她，再讓她藉此與自己立約蓋咒，把這將兩人性命連在一起的咒誓作廢，才是解決問題的根本之道。

雖說偷人東西不是好事，但當初自己早已跟著懷眞作賊，更別提身上幾樣東西都是贓物。何況爲了懷眞的性命，也顧不得這麼多了。

至於歲安城那兒，雖然可能有鑿齒來攻，但既然用息壤土築城，加上總門那萬多名變體者，應該擋得住。何況白宗眾人戴著洛年之鏡，只要留在道息不足的宇定高原附近，就算城破該也有辦法自保，不用太擔心。

當初尋寶，是靠著懷眞的感應找到門戶，接著是三小以懷眞傳授的法門凝聚道息，使那些妖炁凝聚的門戶顯現，最後由自己破開護門妖炁，眾人才進去翻箱倒櫃。

那時世界道息量遠不如今，那些本來隱藏的門戶，這時候應該都已經顯現，但屋主卻未必已經回歸，只要用道息打開門戶，自能翻箱倒櫃。唯一可惜之處，就是自己搞不大清楚寶物的價值，不過這可以問輕疾，不用擔心。

照懷眞的說法，有建立寶庫習性，又習慣獨來獨往的妖怪，主要就是巨翅龍族——應龍，而應龍大部分散布在西歐、北歐，所以當初懷眞才帶著眾人往西歐走。

此時沈洛年也正往過去的歐洲陸塊飛，他一面想著，自己雖然沒有懷眞的感應力，但那些門戶一顯，龐大妖炁外散，該也不難找……可惜自己感應範圍太小……沈洛年心念一轉說：「輕疾，應龍的寶庫位置，算不算非法問題？」

「位置並未隱蔽的不算，那是公開的。」輕疾說。

「那太好了。」沈洛年說：「指點我一個寶物豐富的寶庫吧？最好主人還沒回來……還有，也別找主人太強大，寶庫精化的那種，我怕被關在裡面。」

輕疾說：「這些屬於非法問題。」

沈洛年皺眉說：「你知道我想幹嘛吧？」

「偷應龍寶物嗎？」輕疾說：「就像去年那兩個多月一樣？」

「對。」這傢伙果然什麼都知道。沈洛年說：「能給我什麼建議？」

「你可以提出想去的寶庫規模大致範圍，我來指示符合條件的寶庫位置。」輕疾說：「至於適不適合你偷東西、有沒有主人和寶物，就是非法問題。」

這樣嗎？懷眞說過，之前那三個小寶庫的主人應該都回來了，所以不能選那種規模的，最後那種又太麻煩……沈洛年想了想說：「我和懷眞最後去的一個應龍寶庫……你還記得吧？」

「當然。」輕疾說。

「找那種……四成到六成大小的。」沈洛年說：「這樣給條件可以嗎？」

「可以。」輕疾說：「請轉往十點鐘方向，最近的一個約有八千公里距離。」

「眞遠。」沈洛年一面轉一面說：「到那兒都半夜了。」

「這種速度的話，天會亮著。」輕疾說：「比現在晚些就是了。」

沈洛年一怔，隨即想起地球自轉的問題，哼了一聲說：「眞是計較。」他轉過方向，往輕疾指示的方位高速飛去。

飛了一段時間，還沒離開噩盡島的範圍前，突然不遠處一股妖炁揚起，朝前方截來。沈洛年先是微微一驚，隨即放下心來，那股妖炁並不陌生，卻是那位當初一路把人類送去東岸的寓鼠前輩——妖仙翔彩。

沈洛年眼看對方在前面迎上，減緩了速度，兩方在空中相遇，翔彩這時已經恢復了寓鼠的形貌。她在空中一個迴旋迎向沈洛年，驚喜地說：「果然是洛年先生的影妖炁息。」

「原來到這兒了。」卻是剛剛這一急飛，又飛到了寓鼠一族居住的山谷附近。沈洛年四面望了望說：「翔彩……婆婆，妳好。」當對方又變成那可愛的寓鼠模樣，這聲婆婆實在有點叫不出口。

「沈先生來取古仙飛翼的嗎？」翔彩緩緩揮翅、妖炁鼓盪，凝停在空中問。

「不……」沈洛年正想拒絕，突然想起，那東西若真是寶物，大可拿來蓋咒。他心念一轉說：「那寶物真的可以給我嗎？」

「洛年先生要的話，我這就去取。」翔彩說。

「我只是剛好經過。」沈洛年說：「他日……也許數年後，若有需要，可以借用嗎？」

「當然，那是準備送給洛年先生的。」翔彩說。

「那……日後若有需要，我再來取。」沈洛年說：「先走了。」

「洛年先生，可以告訴我打算去哪兒嗎？」翔彩突然無端端地問了一句。

「西地，或者說歐洲。」沈洛年看翔彩的神色有點古怪，頓了頓說：「怎麼了？」

「真是古怪。」翔彩搖搖頭說：「從與洛年先生碰面開始，之後的對話，就十分耳熟……好像和洛年先生曾在哪兒有過類似的對話，應該沒有吧？」

「我也沒印象。」沈洛年想想一笑說：「這種感覺，似乎叫『既視感』？」

「有這種特別的稱呼嗎？」翔彩有點意外地說：「原來人類很常這樣？」

「我聽說過別人有。」沈洛年說：「自己是沒這經驗。」

翔彩沉吟說：「我是第一次有這種感覺。」

「不用在意。」沈洛年笑說：「大概只是巧合。」

「也是。」翔彩不再提此事，頓了頓說：「洛年先生去西地，有什麼寓鼠族幫得上忙的地方嗎？」

自己是去偷東西，可不能把寓鼠一族牽扯進去。沈洛年搖搖頭說：「不用，我自己去就行了。」

翔彩點頭說：「那麼我送洛年先生一程。」

這倒無所謂，沈洛年當下和翔彩並肩飛行，一人一鼠飛出噩盡島後，翔彩才向沈洛年告別。之後沈洛年一個人往西急行，照著輕疾的指示，花了近十個小時，終於接近了目標的應龍寶庫。

到了一定距離內，沈洛年也感受到那門戶發出的妖炁，不過奇怪的是，那兒似乎還有別的妖炁，雖然十分微弱，不像應龍炁息，但沈洛年還是提高警覺，把凱布利縮小到雙足寬，速度放慢，往那兒慢慢飄。

這是個由河水切出來的深山幽谷，一條小溪在谷中蜿蜒而過，轉折間匯成一池清潭。潭面輕霧騰動、湖水青碧，周圍群蝶撲翼、鳥鳴啁啾，還有大片綻放著初春綠意的古老針葉林與油青綠地。一入谷中，一股清新芬芳立時透入鼻息，讓人胸懷爲之一暢。

挺久沒這種感受了……噩盡島上多半是怪裡怪氣的妖炁植物，一般動物也少，幾乎找不到這種景象，等待懷眞的幾年，倒也可以考慮留在這種地方過日子，比那光禿禿的宇定高原可好多了……沈洛年一時之間，幾乎忘了自己原來的目的。

過了好片刻，遠方傳來一聲類似爆竹的輕響，把沈洛年喚回神，那聲音正是來自寶庫門戶附近。沈洛年頗有點訝異，他收起凱布利，悄然點地，沿著溪谷，朝那方向飄去。

這亙古無人跡的山林，自然沒有所謂的道路，沈洛年在草上飄掠，又過了一公里餘，遠遠已能從林間看到一扇大約三公尺高的金色巨大門戶。

大概是上次的一半大小？不過金色的門戶……沈洛年頗有點失望，門戶的模樣可以顯露主人的喜好，若這兒的主人只對黃金有興趣，裡面恐怕沒什麼自己用得著的東西。

又飄近了些，沈洛年繞過林木遮掩，往門戶那端看，卻不禁直了眼睛。

那兒站著兩個稍嫌矮胖、妖炁孱弱的妖怪。那妖怪的腦袋半截鼠頭、半截人臉，彷彿鼻子以上戴著怪鼠面具一般；兩妖都赤著腳，腳掌比正常人大了不少，更特殊的是，他們居然穿著人類的襯衫、西褲，屁股上還挖洞露出一條長尾。

那兩個妖怪身旁的金色門戶上，吸附著十幾個類似吸盤的古怪東西。吸盤另一端，十餘條藤狀物連結在一個圓滾滾、半人高的古怪妖物上，隨著時間過去，那妖物逐漸膨脹，突然砰地一聲，頂端開了一個口，一股妖炁往空中衝出，消散無蹤，而那聲響，正是剛剛沈洛年聽到的聲音。

那是怎麼回事？沈洛年感應著妖炁流動，發現那些吸盤似乎正緩緩地吸化著門戶的妖炁，再從那圓球匯集釋放，而隨著時間過去，門戶的妖炁也正緩緩地減少。

這兩隻妖怪強度只和毛族人差不多吧？沈洛年低聲問：「這是什麼妖怪？」

「納金族或稱納金人。」輕疾說：「嗜好收集金珠寶物，社會觀和人類相似，也有各自的普通名字，在妖族中並不受歡迎。」

「收集金珠……莫非也是小偷？」沈洛年說。

「也許吧。」輕疾說。

遇到同行了？沈洛年一轉念說：「那個吸盤妖怪呢？」

「是新的精獸。」輕疾說：「名稱與功效知道的人很少，不算一般常識。」

就算輕疾不說，沈洛年也看得出，那似乎專用來吸化那門戶妖炁，不過那東西效率看來不怎麼高，想打開這扇門，恐怕得花上好長一段時間。

總不好黑吃黑地叫人家滾蛋。沈洛年正考慮要不要另找一個寶庫，卻聽那兩人吵了起來。

沈洛年好奇心起，走近了幾步，那兩人恍然未覺，正用沈洛年沒聽過的語言爭執，因為兩人說得太快，輕疾沒有逐句翻譯，只說：「左邊那位說這精獸太花時間，另一個卻堅持要繼續下去。」

「輕疾。」沈洛年說：「你可以幫我選寶物嗎？」

「我不明白你的意思。」輕疾說。

「比如說……幫我選最有價值的東西出來？」沈洛年說：「我進入寶庫，不可能什麼都拿，只能拿幾個最有價值的。」

輕疾明白了，開口說：「只要是常識能分辨的，我可以協助你挑選。」

其實輕疾所謂的常識，已經頗專業，最主要就是個人隱私之類的事情他不會洩露，除非某特殊寶物只有製造的物主知道、從沒讓人看過，否則幾乎都算常識。沈洛年當下說：「那好，我去和他們談談看。」一面走出林間，輕咳了一聲。

這一咳，兩個納金族鼠頭人吃了一驚，同時蹦了半公尺高。兩人在半空中扭頭，看到沈洛年，又鬆了一口氣，其中一人剛落地，便瞪眼用英文說：「人類！幹什麼的？怎麼來的？」

這妖怪會說英文？沈洛年頓了頓說：「你們會說中文……不，虯龍語嗎？」

兩個鼠頭人微微一怔，對看了一眼，上下仔細看了看沈洛年，其中一個穿著藍襯衫的納金人從懷中拿出個彷彿指南針般的圓盤，仔細看了看，對身旁另一白衫納金人用他們的語言說：「沒有妖炁。」

第二個穿著白襯衫的納金人眉毛動了動，才用中文說：「你確實是人類沒錯吧？」

「是。」沈洛年點了點頭。

「這附近數百里內本就沒多少人，殘存的也都死光了，你怎會到這地方來？」白衫人問。

「管他的？」藍衫人收起指南針，揮揮手說：「別湊熱鬧，我們正忙，再不走吃了你。」

沈洛年當然不會走，開口說：「你們想用這東西開門，至少得花上好幾個星期吧？」

兩人一怔，對看一眼，白衫人開口說：「你怎麼知道？」

「看得出來。」沈洛年頓了頓又說：「若寶庫中的妖炁會慢慢外送，恐怕幾個月都清不光，到時候寶庫主人回來，不是白忙了？」

藍衫人蹦起說：「銀牙！看！他也這麼說！」

被稱作銀牙的白衫人愣了愣，這才瞪著沈洛年說：「你怎麼知道後面的妖炁會跑出來？」

「以前看過類似的。」沈洛年說：「我是來和你們打商量的。」

「打什麼商量？」兩人半信半疑地上下打量沈洛年，看著看著，銀牙一驚說：「玉鬚！」

「幹嘛？」被叫作玉鬚的藍衫鼠頭人轉頭問。

「衣服！」銀牙張大嘴說：「那是……血飲袍嗎？」

玉鬚一怔，退了三步，慌張地說：「人類怎會有這種東西？」一面當先往外竄了出去。

銀牙二話不說跟著跑，兩人雖然沒什麼妖炁，但本質仍屬妖族，他們動作輕快、力氣不小，腿一踢彈出好幾公尺，兩個縱躍就穿入了林中。

膽子會不會太小了？沈洛年不禁愣了愣。

過了幾秒，眼看森林寂寂，別無聲息，看似去遠了，但沈洛年卻知道，那兩個納金人才鑽到林中就停了動作，也許是躲入了某個草叢、林木間，其實並未去遠。沈洛年揚聲說：「你們東西不要了嗎？」

兩人卻是一聲不吭，動也不動。

要是他們真走遠了，大不了就自己開寶庫，但他們在附近盯著不走，可就有點不好意思了。沈洛年想了想又說：「你們兩個躲在一旁，是想試試看我能不能找到嗎？」

沈洛年等了幾秒，見對方依然沒反應，當下心念控制著凱布利，帶著妖炁往外衝，朝那叫作玉鬚的藍衫納金人炁息位置衝去。

凱布利在強大妖怪眼中不過是個小影妖，但對象是一般植物的時候，可是草折木倒。只聽幾聲轟轟響，凱布利炸翻了一片矮林，停在呆愣的玉鬚面前盤旋。

玉鬚只愣了兩秒，跟著翻身就跑，不料凱布利下一瞬間卻又停在面前，玉鬚連凱布利怎麼繞旋的都沒能看清楚，眼見無路可走，他一呆趴下說：「妖仙饒命。」

「回來。」沈洛年在林間遠遠地說：「把你們東西拿走。」

玉鬚不敢違抗，回頭往金色門戶旁的空地走。看到沈洛年，連忙乾笑說：「妖仙道長。」

「我是人類。」沈洛年搖頭說。

玉鬚忙說：「是，當然是。」

看他樣子似乎不信？沈洛年也不多說，歪歪頭說：「你們東西不要了？」

玉鬚望了望那精獸，回頭對沈洛年尷尬地說：「這是銀牙製造的，我也不會用……」

「喔？」凱布利往外再衝，沒幾秒把銀牙也逼了回來，他氣呼呼地瞪了玉鬚一眼，轉頭對著沈洛年，擠出笑容說：「這位……人類先生如何稱呼？」

既然來當小偷，自然不能把說太清楚，沈洛年只說：「我姓沈。」

「這兒的主人，和沈先生無關吧？」銀牙不急著拆那精獸，笑嘻嘻地說：「沈先生剛剛說要找我們商量……不知道要商量什麼？」

看樣子他們捨不得走。這倒也無妨，沈洛年想想說：「你們是來偷東西的吧？我也是。」

銀牙和玉鬚一怔，對看一眼，銀牙接著說：「沈先生這話的意思是……？」

「我幫你們開門。」沈洛年說：「讓我先選三樣寶物，其他都歸你們。」

「沈先生如何開門？」玉鬚忍不住插口。

「我有我的辦法。」沈洛年說。

「馬上就能開？」銀牙問。

「馬上就能開。」沈洛年說。

銀牙目光一轉說：「沈先生，您的分配法，對我們來說太不划算了。」

「是啊。」玉鬚跟著搖頭。

「按道理，這兒三個人，金銀財寶應該均分成三份，而寶物價值難定，個人需要又不同，應該輪流選取才公平……」銀牙又說：「就算沈先生能開門，也不能一下子選走三樣啊，那可能比整洞的金銀更有價值呢……這樣吧，頂多讓沈先生先選一樣。」

玉鬚嘆息著接口：「這樣我們已經非常吃虧了。」

「那算了。」沈洛年倏然飄起說：「這兒讓你們慢慢搞，我去找別的門戶。」下一瞬間，沈洛年已經飄上數十公尺外，就要往外衝

「等一下！沈先生。」銀牙忙喊。

又怎樣了？銀牙那段話說完，沈洛年已飛到百餘公尺外了，他回過頭，看著兩個納金人。

「我們再商量一下，慢慢討論。」銀牙招手大喊。

沈洛年一瞬間閃回，皺眉說：「要還是不要？」

銀牙和玉鬟看沈洛年彷彿鬼影一般地閃現，不禁又有點害怕。銀牙想了想，望了玉鬟一眼說：「就照沈先生的意思。」

「沒問題嗎？」沈洛年看了玉鬟一眼，見玉鬟也點了點頭，不過這兩個妖怪，雖然一臉誠懇，卻似乎藏著點古怪的氣味……沈洛年提高三分警覺，開口說：「把你們那精獸拆走。」

銀牙不再囉唆，湊過去把吸盤一個個取下，玉鬟也跟著幫忙，沒幾下，那精獸已經被搬到一旁。

沈洛年走近大門，兩手舉起，道息一探，往兩扇門透了進去。

道息一至，妖炁立散，很快地，那扇門變成兩片只剩重量的巨大門戶，沈洛年兩手一推，門卻推之不動。

沈洛年正皺眉，卻聽身後的銀牙驚喜地說：「已經好了嗎？眞快啊！沈先生，這種造型的門戶，要往外拉。」

往外嗎？沈洛年手放在那兩個巨大的方形門把上，用力往外扯，這門雖重，沈洛年妖炁運上，總算拉得動，正將兩扇門緩緩拉開。這一瞬間，身後銳嘯破空聲乍起，沈洛年心一驚，時間能力倏然提升，軀體輕化，點地間往側面急閃，回頭一看，卻見銀牙和玉鬚兩人手中各拿著一支短棍，剛巧同時揮了個空。

這兩個渾蛋！沈洛年倏然飄回，正要以凱布利的妖炁攻擊，兩妖已經同時跪了下來，趴在地上大聲喊：「誤會！誤會！」

誤會？沈洛年一怔，停下動作，玉鬚開口：「沈先生，這只是測試，我們不會眞打的。」

測試？沈洛年皺起眉頭，銀牙跟著說：「我們知道一定打不到沈先生，不過裡面可能會有不少這種埋伏，所以特別測試一下，當然不會眞的打下去。」

都是鬼扯，沈洛年看得出兩人都在撒謊，剛剛那下自己要是沒閃，後腦勺一定破兩個洞，但對方趴在地上求饒，又下不了殺手。沈洛年遲疑片刻，終於還是沉聲說：「你們滾吧。」

兩人抬頭偷瞄了沈洛年一眼，同時跳起。玉鬚擠出笑容，退出幾步說：「沈先生請先進去挑選。」

到這時候，他們還想拿其他東西嗎？媽的，這些傢伙臉皮還眞厚，沈洛年一陣錯愕，倒是忍不住好笑，反正自己也拿不完……沈洛年不再理會這兩個納金人，搖頭往內走。

沈洛年走入門後的金色甬道，見眼前金碧輝煌，妖炁騰動，黃閃閃的光影挺刺眼，他暗暗皺眉，快走了兩步。還好通道挺短，不遠處就是一個堆了不少東西的圓形大廳，看樣子只是單純一個寶庫，並不像上次一樣有埋伏。

沈洛年正鬆了一口氣，身後卻又傳來一陣古怪的聲浪。

難不成那兩個傢伙還沒學乖？沈洛年快速旋身，卻見出口的門戶被猛然關了起來，闔得死緊。

「這是幹嘛？」沈洛年一愣：「他們不要寶物了嗎？」他飄到門戶那兒，用力推了推，也不知道外面被頂上了什麼東西，用了凱布利的妖炁，居然也推不動。

「可能打算過一陣子才來開門。」輕疾說。

「他們想把我餓死嗎？」沈洛年說。

「應該是想讓你渴死。」輕疾說：「這裡面就算有食物，也不可能有水，不過這門戶是妖炁所化，關不住你。」

也對，若眞的出不去，大不了用道息化散掉這門戶，畢竟這門戶也是妖炁所凝，只是結構堅實很多，要費更大的工夫而已。

現在倒不急著開門，省得還得提防那兩個渾蛋。沈洛年一面往內走，一面說：「若當真出不去，我會就這樣死掉嗎？」

輕疾遲疑了一下才說：「我不知道，你的身體狀況很難講。」

「什麼意思？」沈洛年說：「人類幾天不喝水，不就死定了嗎？」

「你不是看過仙狐、麒麟凝定三千年不動嗎？」輕疾說：「道行高的妖仙，可以縮凝妖炁，讓肉身靜止，保留著生機。」

「他們是天仙啊。」沈洛年說：「一般妖仙也辦不到吧？我怎麼可能？」

「是沒錯。」輕疾說：「但渾沌原息乃生命之始，你能自產道息，真會因渴而死嗎？」

連輕疾都不知道，倒也不用瞎猜了。沈洛年翻了翻白眼說：「至少我現在還會口渴、肚子餓，就算不死，一定很難過。」

「也許。」輕疾說。

「那兩個混帳，出去以後不能心軟了，一定要宰了他們。」沈洛年往內走，一面說：「納金人都這麼惡劣嗎？」

「這樣說似乎又太偏頗了……」輕疾想了想說：「不過納金人確實唯利是圖。」

這時沈洛年已經走入那大約五公尺寬的圓形庫房，這裡面擺滿了各種不同的金製品，最基本的金碗、金盤、金磚、金沙到處都是，還有不少金製的裝飾品或藝術品，比如項鍊、耳環、戒指等等，雖然也有一些珠寶類的物品，但比起金製品少了許多。

「都是這種沒用的東西嗎？」沈洛年大皺眉頭說：「幫我選選寶物吧。」

「寶物的價値很難定義。」輕疾說。

「要用來蓋咒的，所以選對『我』個人最有用的。」沈洛年說。

「對你最有用的……」輕疾頓了頓說：「你現在缺什麼？想要什麼？」

沈洛年一怔，卻想不出這問題該怎麼回答，除了還牽掛著咒誓這件事，自己什麼都不缺了吧？縱然打不過強大妖仙，逃命功夫似乎還夠，只要別到處亂跑，妖怪也不至於隨便找上來……想了片刻，沈洛年搖頭說：「除了懷眞的事……就是保命的辦法吧，其他我也想不到了。」

「總而言之就是增加戰鬥和自保能力。」輕疾說：「你有道息化散妖炁，只要個浸透道息後可以輕化的武器即可，符合這種條件的恐怕不多，所以一般武器你用不上。」

沈洛年點了點頭，他確實發現，隨便拿一個武器，並不都能輕化，否則他早就想換個比較長的武器了。

輕疾接著說：「至於一些針對炁息優化、轉換的精體，你沒有炁息，也用不到。」

「嗯。」沈洛年又點點頭。

「大概只有那綑布你用得上。」輕疾說：「左前方，紅褐色的布。」

「血飲布嗎？」沈洛年吃了一驚，望過去，卻見那布顏色彷彿紅土，又粗又厚，雖然也是紅色，卻和血飲袍頗不相同。

「火浣布，火鼠毛織成。」輕疾說：「和血飲布相同處，在於質輕，不影響你的行動，也可以自動黏合裂口、耐久不毀。但沒有收束傷口的功效，也不如血飲袍柔軟細滑，稍粗厚了些，但相對也比較堅韌，可以做幾條褲子和軟鞋，甚至做個背包，只要裡面別帶重物，戰鬥時就不用扔下。」

似乎聽懷眞提過這名稱？好像可以避火？沈洛年一面想一面說：「也不會髒嗎？」

「雖然也不易染塵，但沒有血飲袍這麼好。」輕疾說：「若沾染上油污穢物，此物避火，入火即淨。」

「果然燒不壞。」沈洛年走過去撿起那布，一面說：「我可不會縫衣服，得回去找人幫忙……用這布做衣服，不能用普通的線吧？」

「不需要。」輕疾說：「裁切布的速度要快，否則會自動密合，之後趁切口黏合之前，兩兩對準，就會自動合起，不用另行縫線，也不用留縫分，除製圖之外，其他需要的不是技術，而是速度……製圖我可以幫你，你速度比一般人快，自己做可能還比找人好。」

「喔？」沈洛年說：「那有空來試試……還有別的東西嗎？」

輕疾停了幾秒之後說：「似乎沒了。」

「嗄？」沈洛年望著眼前的大片金光嚷：「都沒有我可以用的東西啊？」

輕疾想了幾秒又說：「你後方五步，放在一個黑色小盒中的『金烏珠』。」

「又是金？」沈洛年轉身皺眉說：「金子做的珠子嗎？」

輕疾說：「金烏是太陽的古稱，金烏珠也可以叫作太陽珠……別打開！」

沈洛年這時已經找到了那個半個手掌大的黑色小盒，正想開啓，聽輕疾這麼一喊，連忙停手說：「怎麼？」

「你藉著影妖傳入妖炁看看。」輕疾說。

沈洛年照做，過了幾秒後搖頭說：「送不進去，好像脹滿了？」

「那就對了。」輕疾說：「灌入妖炁至滿，開啓時金烏乍現，彷彿太陽出現在眼前，可以持續數秒鐘，無論是人、是妖，眼睛都會受不了，會失明一段時間……不過對妖仙以上的等級無用，他們護體妖炁足以抵禦這種強光。」

「妖仙以上無用？」沈洛年暗叫可惜，不然這可是逃命好物，和牛精旗相比，各有不同的效果。

「所以我一開始不覺得你需要，妖仙以下，一對一該不是你的對手。」輕疾說：「不過如果有天你又被鑿齒群之類的妖物圍毆，就用得著了。」

「唔……似乎不錯。」沈洛年頓了頓說：「還有沒有可以用的？」

「暫時沒有發現。」輕疾說。

難道只帶兩個東西走？沈洛年又說：「再想想吧？你剛就差點忘了金烏珠。」

「我只是個分身，神智並非集中於此，思慮難免不周。」輕疾說：「或者我把每個東西的功能告訴你，你自己判斷？」

「太花時間了，算了，去下個寶庫找。」沈洛年左手抱著那綑布，右手把金烏珠塞入背包，憤憤地往外走。到了門口，他望著門口妖炁的流動，突然若有所思地停了下來。

過了片刻，沈洛年說：「看樣子他們真的沒走，這周圍妖炁緩緩地補入，卻一直消失，他們大概把那古怪精獸又裝上去了。不過看這速度，他們沒有把每個吸盤都裝上去……該是打算等我死了再說？」

「也許是。」輕疾說。

「如果我把這門毀了，這寶庫就敞開了關不起來，對不對？」沈洛年說。

「對。」輕疾說：「嚴格來說，這寶庫就等於毀了。」

「偷人東西又拆人房子好像有點過分。」沈洛年沉吟說：「反正那兩個渾蛋，過幾天總會把門打開，我忍一忍好了，順便聽你解釋東西的功能，還有做褲子、背包。」

「你不怕身體受不了嗎？」輕疾有點意外。

「我剛突然想到一招。」沈洛年噓出一口氣，將道息緩緩斂起，跟著把少量闇靈之力散出，遍布全身。片刻之後，沈洛年全身冒著難以察覺的淡淡黑氣，黑氣下的蒼白臉色彷彿死屍，他有點僵硬地動了動脖子，沙啞地說：「這樣就不會渴。」

「死屍確實不會口渴。」輕疾說：「隨時可以恢復嗎？」

「可以，我滲出的闇靈之力很少……」沈洛年收起闇靈之力，散出道息，一轉眼就恢復原形，他一面說：「等身體有點難過再變，那模樣不容易活動，也不方便鍛鍊精智力。」

「也好。」輕疾說。

「到裡面等那兩個鼠頭渾蛋。」沈洛年往內邁步，一面說：「說也奇怪，我透出闇靈之力時，身上的水分怎麼沒被逼走？爲什麼只有骨靈會變乾屍，殭屍、旱魃以上不會？」

「殭屍、旱魃，體內闇靈之氣較多，足以籠罩體表，水分不會往外散。」輕疾說。

「原來如此……」沈洛年掠回寶庫，他望著金光照映下，散布在各處的古怪物品，嘆口氣說：「我看他們至少會關我一個星期，那就一件一件慢慢來吧。」

「你想先聽物品內容，還是先製造鞋褲？」輕疾說。

「我倒想先問一件事。」沈洛年突然說：「那些納金人，最喜歡的是什麼，最怕的又是什麼？能不能把合法的部分說說看？」

輕疾停了幾秒才說：「這種問題，合法界線太模糊。」

「這樣說吧。」沈洛年說：「那兩個渾蛋一看到我，八成馬上又趴下……我說不定下不了手，但這樣放過他們又不甘願，有沒有什麼辦法整整他們，出口惡氣？」

「如果這樣的話，我倒有個建議。」輕疾說。

「喔？」沈洛年目光一亮說：「說來聽聽。」

ISLAND
我們來賭一場

半個月後，清晨，消失十來天的銀牙和玉鬚，再度出現在那金色門戶之前。

那門戶把手上捆了鎖鏈，兩扇門外堆疊了幾十個大小石頭、雜木，自然是當初兩人爲了防範沈洛年脫困，所堆上的東西。

眼看門戶就和當初離開時一個模樣，銀牙和玉鬚得意地對看一眼，銀牙一面哼著歌，一面把空著沒用的五、六個精獸吸盤貼上門戶

另一邊，玉鬚拿著那指針般的妖炁探測器，看著門戶的妖炁逐漸減少，一面露出興奮的表情喊：「就快了、就快了，那人類應該死了吧？」

「那人本身沒妖炁，只不過會特殊的養妖法，這麼多天早該死了。」銀牙笑說：「這次除了寶庫裡面的寶藏，還多賺一件血飲袍。」

「可惜沒能問出他怎麼養妖的。」玉鬚惋惜地說：「若我們也會，那就好了。」

「算了吧。」銀牙搖頭說：「又沒訂下契約，若拖延下去，說不定被那小子滅口，那才吃虧。」

「也是。」玉鬚往外看說：「金趾老闆什麼時候來？」

「應該快到了？」銀牙望望天色說：「他知道我們打算今天開庫啊，他不來怎麼搬？」

「反正還要一段時間，我去出口看看。」玉鬚說完，彷彿袋鼠一般，往外蹦了出去。

銀牙想了想，目光一轉，也跟著蹦出去。

兩人一前一後地往谷口奔，奔出沒多遠，就看到一隊人馬正緩緩穿山而來，那是由二十多名納金人組成的隊伍。

隊伍後方，四個納金人合力抬著個木轎，木轎上有遮陽頂，四面未掛帘，一個腰圍比身高還長的肥胖納金人舒適地坐在轎中，讓人們將他往內運。

銀牙和玉鬚兩人奔到轎前，一起喊：「老闆。」

「龍庫要開了嗎？」那被稱作金趾的矮胖納金人說。

「就快開了。」銀牙說。

「好。」金趾滿意地點了點頭，對下方說：「加快速度。」

這聲一出，下方的納金人連忙邁開大步，一行人浩浩蕩蕩地往那應龍寶庫門戶奔去。

到了門戶，轎子放了下來，納金人開始把洞口前的雜物清開；不到半個小時，雜物清除乾淨，門戶上的妖炁也逐漸消失，銀牙走到樹蔭下，朝休息的金趾說：「老闆，時間到了。」

「好！」金趾挺著肚子跳了起來，一面說：「你們說，裡面關了個穿著血飲袍、會控妖的男人？確定死了嗎？」

玉鬚笑說：「已經過了半個月，就算有吃、有喝，空氣也不夠他用。」

「嗯。」金趾點頭說：「開庫！」

玉鬚和銀牙相對一笑，兩人奔去已經清空的金色門戶，奮力往外拉。那兩扇大門，緩緩打開，門這一開，眼前紅光一閃，卻見沈洛年已飄出門外，正瞪著自己。兩人一驚，隨即同時用中文大喊說：「太好了！沈先生沒事。」

這兩個混帳又開始說謊了。沈洛年不禁好笑，不過倒沒想到突然變這麼多納金人，雖然看來都沒有妖炁，但這妖族秉性奸狡，可得小心提防。

見沈洛年不吭聲，銀牙又說：「上次門戶不知爲什麼關了起來，我們找了族人協助，好不容易才打開，眞是太好了。」

沈洛年看到這群人的氣味就有氣，但見對方卑躬屈膝地說話，果然是下不了手。沈洛年目光掃過眾人，突然兩手一伸，把銀牙和玉鬚往寶庫內扔了進去。

「啊？」兩人驚呼聲中，同一時間，外圍看風色的納金人呼嘯一聲，倒有七、八人拿東西往地上砸，這一瞬間黑色煙霧四面炸起，納金人紛紛往外奔逃。

但沈洛年移動有如電閃，煙霧剛現，他縱橫來去，已經把一個個納金人抓著往洞內扔，高速移動時帶起的勁風，颳得煙霧四散，毫無作用。銀牙、玉鬚兩人還沒爬起，納金人一個個都被扔了進來，這下一個疊一個摔成一團，誰也爬不起來，而最後一個，就是體型最巨大的金趾老闆，他這肥大的肚子飛撞過來，把剛要爬起的納金人們又撞翻一地，眾人當下同聲慘叫。

跟著沈洛年踢開那個化去妖炁的精獸，把門砰地一聲關了起來，還順便拿東西穩穩擋住，他這才一轉頭，找吃喝的去了。

門戶內的納金人先是面面相覷，片刻後才發現大事不妙，他們可推不開這帶著妖炁的門戶，一群人擠在門戶前，一面呼叫一面推動，但別說推不動，呼叫聲卻也傳不出去。眾人傻了片刻，金趾這才怒聲說：「銀牙、玉鬟你們搞什麼鬼？」

「我們也不知道啊。」玉鬟慌張地說：「關了十幾天那人怎麼好好的？」

「就算可以透氣，難道裡面有吃喝的東西？」金趾沉聲說：「快進去找。」

眾人紛紛擁入，但這裡面空間不大，一覽無遺，金珠寶器雖然不少，就是沒有飲食。不過納金人畢竟酷愛財貨，不少人翻著翻著，忍不住開始鑑賞這寶庫裡面的各種寶物。

金趾畢竟是領頭人物，翻看兩眼之後，很快就把心思轉移到逃生的事情上，但不管怎麼搜索，這裡面還是沒有任何對逃生有幫助的東西。

又過了一個多小時，眾人慢慢回過神來，怒火不禁都指向了銀牙和玉鬟，幾個人火氣湧上，圍上找兩人算帳，兩人連忙求饒解釋，但彼此同是納金人，這種伎倆自然沒用，兩人正被四面圍毆、揍得鼻青臉腫的時候，坐在一旁思考的金趾開口說：「夠了，別浪費力氣。」

眾人雖稱金趾為老闆，但他其實是這一族之長，納金人對外奸險狡詐，對內卻頗團結、重視上下之分，金趾這一喊，眾人紛紛停手。

銀牙和玉鬚掙扎著爬到金趾面前，趴在地上哀求說：「老闆……我們……眞的沒想到會這樣。」

金趾沉吟片刻，目光掃過兩人說：「那人類不只會控妖，本身動作也是奇快，煙霧彈還沒炸開，一半的人已經被捽到裡面了，怎麼可能沒有炁息？」

「眞的沒有啊。」玉鬚慌張地說：「我在近距離下測試過。」

銀牙突然一驚說：「難道是遊戲人間的強大妖仙？甚至是天仙？」

金趾卻緩緩搖搖頭說：「能近距離避過炁息指針偵測的高等妖仙，應該還沒來到人間。」

「那……」銀牙苦著臉說：「我們眞的不明白。」

「若眞是人類，不該對我們有敵意才對……這數千年我們都隱藏於暗處，不可能知道我們的實際身分。」金趾說：「那姓沈的要殺了我們輕而易舉，關我們進來必有原因。」

這話一說，眾人都覺得頗有道理，稍鬆了一口氣。一個年紀較長的納金人，開口說：「老闆……現在人類似乎都死光了，我們族人也只剩數百人，以後該怎麼辦？」

「人類沒這麼容易死光。」金趾搖頭說：「總有地方有人類聚集，千百年後又會越變越多，我們照過去的法子，從銀行業控制即可，現在人類已經習慣了信貸，不會再把收利息當成罪惡，比幾千年前方便很多。」

「不過能活到現在的，恐怕都是變體者，說不定關起我們的那人也是。」另一個納金人說：「以前一般人類不如我們，但這些變體者我們打不過，以後人類沒這麼容易運用了。」

「沒什麼不同，只要先創造一個富饒奢華、金錢至上的世界，就會有無數喜愛享樂的人類讓我們驅策。」金趾拍拍大肚子，微笑說：「以前我們想除掉誰，也從不需要自己出手啊。」

「是啊。」眾人一起得意地笑了起來。

「這些脫困以後再討論吧……總之先別慌。」金趾挺著大肚子揮手說：「大家休息、保持體力。」

納金人們只好安靜下來，一些人閒著沒事，又開始玩賞著寶物，一面討論各種特殊東西的功能。

又過了好幾個小時，一直沒有動靜，眾人慢慢也玩膩了，不少人開始覺得口渴，加上裡面空氣本就不流通，二十多人擠在一起，很快就越來越氣悶。但此時呼救抱怨都是無用，眾人各自靠著牆壁，垂頭喪氣地休息。

不知道過了多久，門口那兒突然傳來聲響，一股清新的空氣流入，眾人精神一振，紛紛站了起來。金趾目光一轉，對銀牙、玉鬚打了個眼色，兩人對看一眼，只好硬著頭皮，牽先往門口走。

果然沈洛年正站在門口那兒，銀牙一臉欣喜地嚷：「沈先生！你來得正好，我們好幾個族人都昏倒了，再不來大夥兒都要死了。」

「沈先生來救人了！」玉鬚跟著回頭喊：「快把大家搬出來。」

後面的納金人也算乖覺，當下兩人抬著一個朝門口走，一面紛紛對沈洛年道謝。

這些傢伙臉皮實在厚得可以。歎爲觀止的沈洛年不禁暗想，納金人如此奸詐，要是吸成乾屍，想必很補……眼看眾人接近，他妖炁一鼓，把二十多個人逼得往後翻，又摔成一團。

「沈……沈先生？爲什麼突然動手？」銀牙一臉無辜地問。

沈洛年自知說不過這些人，只搖頭說：「我要和你們這些人訂契約。」

這話一說，每個納金人臉色都變了。納金人平常說謊成性、騙人不償命，但卻絕對遵守契約約定，因爲這是一切商業活動的基礎。沈洛年開口就提契約，銀牙和玉鬚可不敢隨便接話。

本來一直躲在後面，讓銀牙、玉鬚出面的金趾，看兩人已無能處理，他目光一凝，走到沈洛年面前，微笑說：「沈先生，你到底是什麼人？想做什麼？」

這納金人除了特別胖之外，露出來的氣息和其他人頗有不同……沈洛年望著金趾說：「你是領頭？納金一族的族長？」

「你連『納金族』這名稱也知道？」金趾嘿嘿笑說：「想要什麼就直說吧，一切都可以商量。」

沈洛年看著金趾說：「我想要你們對著納金族人共同奉養的『契靈』立誓，答應成爲我的奴僕。」

金趾冒出一股怒氣，但臉上神情不變，只搖頭哈哈笑說：「沈先生在開玩笑吧？就算殺了我們，也不會同意這種事情，改個條件吧？」

其實不只金趾，每個納金族人都勃然大怒。成爲對方的奴僕，意味著不論是後代子孫或財富，一切都屬於主人，這些對納金族來說，可說比性命還重要，自然不可能答應，何況其中還有一族之長，若答應了這種事，等於整族都成爲沈洛年奴僕了。

但他們不愧城府夠深，氣歸氣，每個人臉上都沒什麼變化。

沈洛年也知道對方不會答應，一笑說：「聽說納金人好賭，我們來賭一場，如何？」

金趾微感意外，目光一凝說：「怎麼賭？」

「用你們最喜歡的賭法，三字賭。」沈洛年說。

金趾輕哼一聲說：「沈先生當然是莊家？」

「錯。」沈洛年說：「你們當莊。」

這話一說，眾人又是微微一愣，三字賭的賭法十分簡單，當莊的人寫下一個詞彙，由公證人收執，之後對賭客說出三個內含正確解答的詞彙，讓賭客根據詞彙內容和莊家的表情，推測莊家的答案，猜測前還可以簡單地開口詢問；這賭的當然是察言觀色和提問能力，姑且不提賠率，以三對一的機率來說，當然對莊家有利。

而納金族除了喜好收集財富與享樂之外，最喜歡的就是賭博，對「三字賭」更是特別熱衷，聽沈洛年這麼一說，金趾忍不住說：「賭注是什麼？」

「這一洞的財富，加上諸位的性命，就是我的賭注。」沈洛年說：「但若諸位輸了，納金族就當我奴僕，我們這場賭博，讓『契靈』見證。」

「這太不合理了。」銀牙突然開口說：「沈先生，你當初明明說，除了三樣寶物之外，其他都給我和玉鬟，怎麼能拿我們的財產當賭注？」

「是啊！是啊！」玉鬟也跟著說。

沈洛年哼聲說：「反正沒立契約，就當我從你們手中搶來吧？你們想試試搶回去嗎？」

這話一說，兩人卻也只能瞪眼，不知該說什麼。

就算是舌燦蓮花，對不講道理的人也是無用。金趾目光一轉開口說：「沈先生，這一洞金珠寶物確實價值不斐，但和一族爲奴相比可抵不過，納金人雖然好賭，太賠本的生意還是不會做的。」

「那麼……」沈洛年說：「你覺得多少個這種龍庫才抵得過？」

金趾微微一愣，發現沈洛年似乎不是開玩笑，納金人畢竟好賭，當自己勝算很大的時候，那股慾望更是難以抑制。金趾心念一轉，哼了一聲開口說：「至少二十個。」

這當然是漫天喊價，納金人累積了數千年的財富自然不少，但人類社會消失的同時，大部分紙上財產都不具有實際價值，早已作廢，就算把整族爲奴這件事估算下去，也稍微誇張了些。

怎料沈洛年卻點了點頭說：「好！」

納金人們可眞的吃了一驚，難道眼前這年輕人類，居然有二十個寶庫的財富？

「你們一共有二十四人。」沈洛年說：「就讓你們每人和我賭一次『三字賭』，我只要輸一次，你們性命就保住了，這寶庫也算你們的，但如果我連贏二十四次，納金族就是我的奴僕，一切都屬於我。」

無論納金人城府怎麼深，聽到這話也不禁譁然，這人腦袋瘋了嗎？誰有把握能連贏二十四次三字賭？這豈不是贏定了？

而若沈洛年眞有二十個寶庫，一次決勝負地賭這三分之一機率，金趾還說不定有點遲疑，但連贏二十四次又另當別論，眼前這人是白痴嗎？連這麼基本的機率計算也搞不清楚？金趾望著沈洛年片刻說：「你看來不像想送我們寶物……既然這麼有把握，莫非你懂得讀心術？」

「老闆？」納金人忍不住都叫了起來，沒聽過這種事情。

不過沈洛年卻是很佩服對方的敏銳，自己雖然沒有「讀心術」，但靠著鳳凰的能力，略微詢問自能看出對方選擇，這種賭法根本是替自己量身設計的，不管賭幾次都不會敗……不過如果對方怕了不敢賭，當然就沒戲唱，沈洛年攤手說：「不賭也成，我這就關門走人。」

「沈先生。」金趾從懷中取出一個拳頭寬、彷彿蓮藕又彷彿蜂窩般的金屬圓柱，他拿著圓柱後方的把手，對著沈洛年說：「您看過這種東西嗎？」

什麼東西？沈洛年望向那蜂窩面的數十個小洞口，正看不出所以然來，卻在這一瞬間，那些蜂窩突然爆出許多股高度密集的錐狀妖炁，彷彿散彈槍一般地往外爆散，對著自己衝。

眼看那些子彈般的炁彈籠罩了整個甬道，無處可避，沈洛年大驚失色，瞬間開啓了最高的時間能力往後急退。他一面以妖炁護體，一面在刹那間估計著彼此速度，對方這妖炁子彈速度太快，自己飛退速度雖高，卻無法在閃出洞口前避開，而凱布利的妖炁也擋不住這些炁彈的力量，若被這大片子彈穿過身體，豈不是死定了？

沈洛年驚慌了一剎那，下一瞬間念頭一轉，突然想起這些不是眞的子彈。他心頭一鬆，道息往外泛出，只見由他正面接近的妖炁彈一入道息，立即散失無蹤，沈洛年臉色一沉，當下轉向往前欺近，一手搶下金趾手中的武器，另外一手拔出金犀匕，對著金趾脖子就砍。

沈洛年只是不忍主動屠殺，但反擊時順便殺人可一點心理障礙都沒有，金趾既然出手暗算，沈洛年不再心軟，正準備先砍了這顆胖鼠頭時，卻聽金趾急喊：「賭了！我們賭了！」

他喊出第一個字的時候，沈洛年匕首已經切入他的脖子半分，總算沈洛年想停就停，冷森的匕首架在金趾脖子上，讓他喊完這六個字。

「賭了？」沈洛年匕首未收，問了一句。

「賭了！」金趾說。

「好。」沈洛年收回匕首說：「請契靈吧。」

剛剛那一下攻擊，雖然不知道沈洛年怎會沒受傷，但從對方表情的變化，金趾已確定沈洛年不懂讀心術，否則不會在武器發射之後才飛退，更不會嚇得變了臉色，若這是做戲，也未免太過高明……既然如此，又爲什麼不賭？

金趾摸了摸自己脖子後面滲出的血，想起剛剛那一剎那的驚險處，仍有些心驚。當下他口中默唸，以妖炁開啓玄靈之門，和本族固定供養的玄界契靈產生聯繫，這才抬頭說：「我們二十四個人和沈先生各玩一次三字賭，若是全輸，納金族此後願爲奴僕，但只要讓我們贏了一次以上……」

「這洞中寶物盡屬於你們，我也放了你們。」沈洛年接口。

「以契靈立約！」金趾說。

「以契靈立約。」沈洛年跟著說。

納金族的契靈和一般咒誓玄靈不同，是納金族專屬的玄靈，納金族從出生開始，就不斷對玄靈供養妖炁，而這玄靈和其他咒誓玄靈最大的不同，在於咒誓兩邊無須等價，而咒誓內容則限制在有形財貨上，比如懷眞和沈洛年當初的咒誓標的──「道息」和「直到永遠」，就不能以此立誓，而如現在這種賭博形式的立誓，過程中若有任何耍詐行爲，都會馬上被契靈制裁。

兩人立了咒誓，金趾隨即望著沈洛年左手微笑說：「這『百彈銃』只是測試沈先生會不會作弊，請還我，謝謝。」

只是測試嗎？換一個人恐怕已經死了……沈洛年也不計較，把左手搶下的那古怪武器推回給金趾，一面說：「若我連贏二十四次，這東西我要了，記得順便解釋一下怎麼用。」

若納金族人全族成為這人的奴僕，他要什麼當然只能給什麼，金趾拿回「百彈銃」，哼了一聲說：「開始吧。」

□

兩個多小時後，二十四個納金人臉色慘白地站在甬道中，誰也說不出話來。

他們和沈洛年對賭了二十四次，一次又一次地被沈洛年猜中正確答案，而在契靈監場下，也沒人敢使詐，就這麼一路輸到最後。

納金族人本來以為贏定了，後來漸漸發現不對勁，卻也無力回天，只能把希望寄託在更後面的人身上，直到最後金趾親自出馬，依然讓沈洛年猜出，眾人一下子都說不出話來，只傻傻地看著沈洛年。

過了好片刻，金趾終於深深嘆了一口氣，把「百彈銃」遞給沈洛年，一面說：「納金族此刻起屬於主人所有，請主人吩咐。」

「這東西怎麼用？」沈洛年笑問。

「緩緩灌入妖炁，就可凝聚運用，最多可累積百彈。」金趾雖然垂頭喪氣，卻也謹守奴僕的分際，恭聲說：「後方把手可以調整發彈方式。」

「有點像金烏珠的原理。」沈洛年拿在手中欣賞，一面說：「先累積儲存妖炁，然後一次使用。」

「主人也知道金烏珠？百彈銃和金烏珠，都是毛族人的產物。」金趾說：「都是運用一種能儲存妖炁的精體製成，那種精體的製造方式，是毛族人的祕密，外人很少有機會取得。」

原來是毛族人的產品？沈洛年想了想，把百彈銃塞還給金趾說：「我又不想要了。」

「主……主人？」金趾一愣。

「這些財寶，就交給你們保管。」沈洛年白了金趾一眼說：「以後少騙人啊！」話聲一落，沈洛年如輕煙一般飄身往外，朝天空飛去。

「主人？」眾人眼前一花，這才發現沈洛年已經消失無蹤，不知道哪兒去了。

沈洛年這時早已經飛出老遠，他一面在空中飛騰，一面對輕疾說：「你說得沒錯，那些好賭的傢伙似乎真很討厭當人奴僕，我剛看他們一個個好像比死了爹娘還慘，媽的！總算出了這口氣。」

「過去曾有一群納金人，是某個強大應龍的奴僕，世世代代都在幫應龍斂聚財富。」輕疾說：「其他自由的納金人，合力累積了好幾代的寶物，才終於幫那些人換取了自由……如今全族都是你的奴僕，連翻身的機會都沒有，他們自然會覺得大禍臨頭。」

「納金人眞這麼團結，還幫忙其他人存錢贖身？」沈洛年倒有點佩服了。

「若不團結，就變成競爭對手了，兩邊生意都會做得很辛苦。」輕疾頓了頓說：「我本來只是想幫你教訓一下那兩人，沒想到你利用他們的個性，把整族都賭了進去……人類果然也挺可怕。」

「呃？」自己在人類裡面，應該算比較不可怕的吧？沈洛年想想搖頭說：「不管了，希望那些鼠頭以後乖點。」

「你才剛收了納金人當奴僕，就不管了？」輕疾說。

「我本來就只是爲了氣氣他們而已。」沈洛年搖頭說：「誰有空理他們？去找下一個寶庫吧。」

「那麼轉往九點鐘方向，五百公里外。」輕疾說。

沈洛年當下轉動方向，加速急飛，此時他身上已經換上了火浣布製造的鞋、褲、背包，原來沉重的背包、衣物，剛剛覓食的時候都已經扔了，此時騰挪毫無阻滯，十分方便。

沈洛年被關在洞中的時候，閒著沒事，看布反正不少，除了鞋、褲之外，還做了一件造型比較正常的長風衣，和一件無袖背心。

風衣是準備回人類居所的時候套上，這樣不用再到處找衣服掩飾醒目的血飲袍，而當天氣炎熱，連血飲袍都不適合穿上的時候，背心剛好可以用上，省得下次又被人看到肩膀上的兩隻影蠱，而這兩件衣服，這時當然都摺疊收在背包之中。

另外他還用零碎布塊做了個不少大小口袋的腰帶掛在腰間，除了可以繫上金犀七，放入金烏珠之外，牛精旗總算有個方便收取的地方安置，不用再和金犀七一起擠在吉光皮套裡面。

有了這些衣物包裹，看似收穫頗豐，但除了火浣布與金烏珠之外，沈洛年還是找不到第三個想帶走的東西，只能把希望放在下一個寶庫了。

還飛不到一半的距離，輕疾突然說：「白宗葉瑋珊要求通訊。」

明明叫她沒事少聯繫……不會眞出事了吧？沈洛年說：「接過來……瑋珊？」

「洛年。」葉瑋珊聲音有點沉重。

「怎麼？」沈洛年問。

葉瑋珊停了幾秒，終於說：「對不起，小純不見了。」

「啥？」沈洛年一驚，馬上轉向往東，一面大聲說：「爲什麼會不見了？」

「我……對不起。」葉瑋珊難過地說。

「先別道歉！」沈洛年說：「她是自己溜出去，還是被總門帶走了？」

「應該是總門。」葉瑋珊說：「我……我們這幾天都忙……」

「媽的！」沈洛年大罵：「怎麼會這樣？你們實在是……嘖！她被抓去就糟了。」

「我們正在想辦法。」葉瑋珊說：「你別著急，聽說小純是月部長的孫女？該不會有問題吧？」

「那是騙人的！」沈洛年一面急飛一面說：「被抓多久了？是怎麼回事？」

「恐怕兩天了。」葉瑋珊低聲說：「六天前鑿齒大軍攻城，大夥兒都退到城裡去，這幾天我們都在四面守城，小純不敢看戰場的模樣，獨自留在家裡……昨日鑿齒停攻，我們閒了下來，才發現小純不見了……」

鑿齒攻城？沈洛年一怔，這樣一說，倒怪不了葉瑋珊，這時誰還有空守著狄純？而既然在城內，狄純又沒有洛年之鏡，幾個人拿槍圍上就能把她帶走，總門自然不會放過這機會……狄純上次採了那「植楮果夾」，後來吃了沒？沒讓狄靜知道吧，那瘋老太婆若隨便找個男人想配種，那丫頭豈不糟糕？

「洛年？」葉瑋珊聽不到沈洛年的聲音，擔心地問。

「鑿齒攻城，搞丟小純不怪你們，但該馬上告訴我。」沈洛年語氣中透出幾分怒氣，緩緩說：「我趕回去還要半天，希望別出事。」

葉瑋珊停了幾秒，才低聲說：「我們試探地討過人，對方裝傻不承認，現在正想辦法探出小純可能被關在哪兒……洛年，你生氣了嗎？你覺得怎麼做比較好？」

沈洛年確實很不高興，但把脾氣發在葉瑋珊身上也沒用。沈洛年憤憤地說：「怎麼做？媽的，我回去殺到他們交人。」

「別這樣。」葉瑋珊忙說：「已經很多人把你當成敵人，這時候又有鑿齒來襲，你還是先等我們……」

「你們做法太溫吞了！」沈洛年忍不住怒說：「我告訴妳，那些渾蛋說不定會找人強姦小純！都已經過兩天了，還要等多久？萬一……萬一……」

葉瑋珊大吃一驚，慌張地說：「怎麼可能？眞的嗎？爲什麼？」

沈洛年卻閉上了嘴，他平常雖然說話難聽，但當眞生氣反而不大想說話了，這時開口冒出來的話不只是難聽，恐怕還會傷人，最好是忍住。

葉瑋珊見沈洛年不回答，低聲喊：「洛年……？你不理我了？」

聽葉瑋珊聲音帶著委屈，沈洛年氣發不出來，只悶哼一聲說：「沒有。」

「你別生氣，我馬上想辦法找出小純的位置。」葉瑋珊說。

「妳怎麼找？」沈洛年說。

「我想……找巧雯姊幫忙應該可以。」葉瑋珊低聲說。

「啊？」沈洛年一怔說：「對啊，差點忘了她，她會幫忙嗎？」

葉瑋珊遲疑了一下，這才低聲說：「我只私下告訴你……巧雯姊帶人投入總門，似乎是和舅舅、舅媽商量過的。」

「嗄？」沈洛年可眞是吃了一驚，若不是狄純的事情還壓在胸口，可能會忍不住叫了起來，難怪劉巧雯老是關注著白宗的狀態，又一副欲言又止的模樣。

「我也是到了歲安城之後才知道的。」葉瑋珊說：「詳情我也不是很清楚，不過在鑿齒來襲前，我們因爲未來政體問題，和總門關係越來越緊張，最後舅媽才私下告訴我，若逼不得已鬥了起來，可以請舅舅去找巧雯姊協助……不過一和巧雯姊接觸，她就可能會被懷疑，所以不能隨便和她聯繫，這時小純既然有這種危險，只能找巧雯姊了。」

既然有內應，當然又不同。沈洛年眼前出現一絲光明，忙說：「只要請她確認小純的安全就好……若暫時沒事，就等我來處理，若那死老太婆眞要胡搞，找人對小純……對小純亂來，你們就算拆房子都要攔住，不能拖。」

「哪個死老太婆？」葉瑋珊愕然問。

「月部部長狄靜。」沈洛年罵：「那老太婆是渾蛋！越老越沒人性！」

「洛年。」葉瑋珊想了想，低聲說：「小純被抓去，眞的這麼危險嗎？就是因爲……你不准小純說的事嗎？」

「對！」沈洛年嘆了一口氣說：「這妖怪世界眞的很麻煩。」

「我這就去處理。」葉瑋珊說：「你到了之後記得與我聯繫，別隨便就殺了過去，好不好？」

「知道。」既然有了辦法，沈洛年也稍微安心了些。他頓了頓說：「瑋珊，鑿齒來攻城，怎不早點告訴我？」

「其實也沒什麼，只是前幾日忙了點。」葉瑋珊說：「強大的刑天沒出現，只來了些普通刑天和幾萬鑿齒，那息壤磚蓋起的城牆很有效，他們接近就會被槍彈射傷，攻不進來……若不是小純出事，我本來不想告訴你，讓你煩心。」

「喔？」沈洛年想了想又說：「那些總門渾蛋，不會把這次鑿齒來襲的帳，又算在我頭上吧？」

「這……」葉瑋珊遲疑了一下才說：「也沒有很直接提起……」

「有間接誤導就對了。」沈洛年罵：「我回去慢慢找人算帳！」

「洛年！」葉瑋珊嗔怪地喊了一聲。

「好啦。」沈洛年說：「你們小心。」

「嗯。」葉瑋珊輕聲說：「我去了。」

這時不打架，得把最快的飛行方式拿出來使用。沈洛年當即以妖炁護體，身子放平，把凱布利放在後端往前推，在大幅減少氣阻的情況下往前直衝，越飛越高、直穿雲霄，畢竟越高空的地方空氣越稀薄，風阻也相對更小，速度自然更快，至於空中有沒有什麼妖怪，這時可沒時間計較。

就這麼飛了幾個小時，沈洛年無意間目光往東北一轉，不禁一驚，原來東北方稍低處的雲端上，正浮著一片龐大的黃色巨石群，那兒沒有房子之類的建築物，只有無數巨石隨意堆疊成各種不同的形狀，有拔高的石柱，沒頭沒尾的牆壘，也有胡亂堆疊的石堆；這些巨石懸空飄飛，每個石頭都和另外一個石頭以某種角度連接在一起，一個黏著一個，組成這一大片數十公里寬的巨石群。

而這些巨石上下各處，到處盤據、飛繞著大小不等的紅色巨大蛇類，因爲隔著老遠，沈洛年看不出實際長度，但既然能看得清楚，想必不是小妖。那些紅蛇似乎十分自在，有的盤繞成丘、有的蜿蜒而行、有的僵臥如眠、有的交纏若戀，還有些正上下飄飛於雲霧之間，看來好不快活。

不過這些蛇有個古怪之處，就是雖然身形似蛇，卻有顆龍頭，但雖說有個龍首，卻又無角無鬚，彷彿像個短吻鱷首，又彷彿窮奇、畢方爲了說人話時，臨時變形化出來的頭部。

因爲空中別無阻礙，視線可以及遠，沈洛年還沒感應到妖炁，已經先一步看到那古怪地區。他輕呼一聲，轉向偏東南飛，一面說：「那是什麼東西？」

「什麼東西？」輕疾反問。

「你沒看到……」沈洛年說到這兒，突然一怔說：「對了，你看不到？」

「對。」輕疾說：「空中之物，我不清楚，但你可以描述形貌。」

「這樣嗎？」沈洛年說：「嗯……有一大片巨石堆浮在空中。」

「多大？」輕疾說。

「很大……」沈洛年沒什麼把握地說：「看來好幾公里……說不定好幾十公里寬。」

「那想必是計氏一族——蛟龍的家。」輕疾說。

「那上面一堆紅色的蛇就是蛟龍？」沈洛年詫異地問。

「紅色的蛇，應該是騰蛇，是蛟龍與赤蛇化生的後代，也算是計家的一分子。」輕疾說：「蛟龍本身子息不豐，大部分應該還來不了人間。」

「嗯……」沈洛年說：「懷眞說過『計家凶』，不知道什麼意思。」

輕疾說：「就是字面上的意思……」

「媽啦！他們要幹嘛？」沈洛年驚呼聲打斷了輕疾的言語，卻是他遠遠看到十幾條稍小型的騰蛇騰空而起，正朝自己飛來。

「什麼？」輕疾問。

「十幾條追過來了！」沈洛年發現對方距離自己越來越近，速度比自己快上不少，雖然距離尙遠，但幾分鐘內應該就會被追上。

「大概你闖入了他們領空。」輕疾說：「計家一族並不嗜殺，可能只是幾隻年輕小蛇想教訓教訓你，但你受不受得了『教訓』就很難說了。」

「我當然受不了。」沈洛年罵說：「媽的！這些傢伙到處亂劃地盤，誰知道啊？」

輕疾停了幾秒才說：「你感應妖炁的距離實在太短了些。」

這時候說這有屁用？自己體無妖炁，可受不了人家「教訓」，若被這些大傢伙摸到一下，就算沒當場斃命，靠道息重新復元的過程也並不好受，何況這時也沒時間和他們糾纏……沈洛年看著後方騰蛇群越飛越近，不禁暗暗叫苦，這下該怎辦？

沈洛年已經知道，妖族之間若是彼此有交情，那一切好說，若沒交情，基本上不大講理，似乎看誰拳頭大就聽誰的。半個多月前飛去東方大陸誤闖麟犼地盤，若不是認識惔丹，早就和麟犼一族打了起來，而當發現自己和惔丹有交情之後，麟犼一族不只放過自己，甚至不惜開罪犬戎族也想把自己保住。

自己和騰蛇當然一點交情都沒有，求饒想必無用，若只有一隻追來，還不難躲避，一群追來可不大有把握……沈洛年心念一轉，穿破雲霧，往地面飛去。

那十幾條騰蛇見沈洛年往下飛，跟著轉向。剛穿下雲層，卻見沈洛年貼地急飛，朝一片森林衝去。

這些騰蛇都只有五、六公尺長，在林中穿梭並不困難，但這麼一飛旋折繞，兩方距離就拉遠了。騰蛇發覺不對，幾條騰蛇往高處騰起，追著沈洛年的妖炁往前衝，想越過森林攔截，而留在林中的幾條騰蛇，卻突然開口急吐。只見一條條蘊含著熱氣的巨大炁矢，朝沈洛年的方位高速飛射，炁矢破空之際，一整排巨木轟然而倒，騰蛇直線飛射，再度追近。

沈洛年心念一轉，七轉八繞地躲到林木深處，凱布利妖炁一收，沈洛年輕身點地，無聲無息地換個方向往外飄掠。

這些騰蛇本來就是靠著凱布利的妖炁追蹤沈洛年，沒想到突然間妖炁完全消失，毫無感應，騰蛇找不到人，勃然大怒，一束束蘊含熱量的炁矢往外亂射，打得這森林不成模樣，但沈洛年早已經無聲無息地鑽出森林，躲在一處山崖凹縫，偷偷望著這兒的大亂。

騰蛇胡亂鬧了鬧，一條條飛騰而起聚在空中，他們四面繞飛了片刻，見始終找不到人，一部分騰蛇轉向往西飛，另外一部分卻往東飛，也不知道是不是分頭搜索。

沈洛年一時不敢運出凱布利，只一面點地飛騰一面說：「若我有能力殺了這些年輕小蛇，他們長輩會找我報復吧？」

「會。」輕疾說。

「媽的。」沈洛年說：「那不管打不打得過，都不能打嘛！」

「若是明顯比他們強大，通常長輩會主動約束，免得鬧出事來，但你沒有妖炁……」輕疾說：「就像人類社會，父母也會阻止孩子接近陌生的大型獸類，但若看到小孩玩弄蟲蟻，通常頂多告誡他玩完之後記得洗手，不會多管。」

誰是蟲啊？這種比喻讓人聽了很不愉快。沈洛年哼了哼說：「那魔法師呢？他們不也沒炁息。」

「魔法是幾千年前應龍剛創出的新術法，之後不久就道息消散，兩界分離，所以知道的妖族並不多。」輕疾說：「而人類壽命有限，和精靈溝通不足，很少有人能眞正發揮魔法的威力。」

「他們跑遠了沒？我還能不能飛？」沈洛年皺眉問。

「此爲非法問題。」輕疾說。

沈洛年嘖了一聲，只好先往南掠出百多公里，這才放出凱布利飛行，現在趕時間，沒法太謹愼，若還碰上……大不了再鑽森林躲一次。

ISLAND
這力量莫非有鬼？

不過接下來運氣似乎不錯，一路往東飛，一直到噩盡島，都沒再遇到騰蛇。

沈洛年一面飛，一面暗暗思量，凱布利確實很好用，但每次遇到感應力強的妖怪，凱布利往外激出的妖炁，往往變成缺點……若凱布利懂得收斂妖炁，就不會這麼引人注意了。

不過凱布利雖然已經有了淡淡的心靈反應，但除了上次爆散時傳出的驚痛外，只有自己呼喚牠或灌入道息時，才會傳出一種很單純的喜悅，但也只此而已，完全沒有更複雜的情緒。

也就是說，凱布利就算有了一絲靈智，也還在很低階的程度，恐怕連昆蟲都還不如，養了一年時間也才如此，想要牠學會收斂妖炁，恐怕不是幾十年內可以辦到的事。

也因爲如此，沈洛年飛行時特別繞過了寓鼠的區域，免得翔彩又冒出來，要拿什麼天仙雙翼當禮物。

接近宇定高原時已是深夜，沈洛年照著老規矩，降低凱布利妖炁，繞過山區，從九迴山的方位，遠遠往下望。

下方歲安城，東南西北四面都圍了鑿齒，原來的大片田野被踐踏得不成模樣，房宅更已經全毀。鑿齒在城外搭起簡陋的長條木架屋，每一個長條底都有數百公尺寬，底下躺著近千人，一條條這樣數過去，圍在城外的鑿齒似乎超過了十萬人，恐怕大部分能戰鬥的鑿齒都來了。

不過鑿齒圍城的方式，怎麼似乎有點漫不經心，一點殺氣都沒有？彷彿只是圍堵住就算了，一般來說，至少也要偶爾虛攻個幾下，讓敵人感覺疲憊吧？

聽葉瑋珊說，鑿齒連攻了數天突然停止，只團團圍住，不知做何打算。看他們睡覺睡得這麼安穩，還眞不像來攻城的。

管他的，反正自己也不懂打仗。沈洛年目光轉向歲安城，卻見城內似乎一片凌亂，不少房舍被毀，也有多人受傷，各處廣場聚滿了等候治療的普通人，彷彿城內被鑿齒大軍闖入過一般。

但這當然不可能，若鑿齒大軍闖入怎只這點損傷？但如果不是，又爲什麼會搞成如此？

沈洛年想不透，搖搖頭對輕疾說：「幫我找白宗葉瑋珊。」

「是。」輕疾停了幾秒之後說：「請說。」

「瑋珊？」沈洛年說。

「洛年。」葉瑋珊說：「你到了？」

「嗯，我在九迴山上。」沈洛年說：「城內怎麼這麼亂？出事了？」

「剛剛七、八條會飛的紅色龍頭大蛇，突然跑來攻擊。」葉瑋珊有點慌張地說：「他們飛在空中隔遠遠的，不斷吐出蘊含著炎之力的妖炁，把整座城市轟得一片亂，鬧了半小時才離開，不知道怎麼回事。」

「呃？」那些傢伙找不到自己，跑來這兒胡鬧？這些渾蛋妖怪！沈洛年呆了片刻才說：「那叫騰蛇，是蛟龍的一支。」

「是嗎？」葉瑋珊說：「那時還好鑿齒沒攻城，否則一亂之下，恐怕守不住。」

「應該不會再來了。」沈洛年皺眉說：「那些只是小孩，過來鬧鬧就該回去了。」

「眞的嗎？」葉瑋珊頓了頓說：「確實有點像來胡鬧……他們並沒對著人攻擊，所以大多數人都只是輕傷，房子反而毀傷得比較嚴重。」

果然只是來教訓一下的？沈洛年嘆口氣說：「小純的事呢？有沒有消息？」

「我和巧雯姊聯繫上了。」葉瑋珊低聲說：「沒想到小純以前居然是總門門主。」

沈洛年微微一愣說：「妳知道了？她還說了什麼？」

「巧雯姊告訴我，小純擁有白澤血脈的預言能力。」葉瑋珊說：「難怪你不肯說，你放心，我沒告訴第二個人……只不過，實在看不出小純會預言。」

「要她預言，得用藥讓她每天都躺在床上。」沈洛年說：「妳忘了她當初連走路都走不動嗎？」

「可是巧雯姊說，小純確實是月部長狄靜的親人。」葉瑋珊迷惑地說：「既然是親人，爲什麼還這樣對小純？」

「所以說她是老渾蛋！」沈洛年遲疑了一下才說：「小純的祖先，一代代都是躺在床上無法動彈，被人半強迫地延續後嗣，而且很早就會開始，我擔心……」

葉瑋珊冰雪聰明，自然知道沈洛年話中之意。在總門的角度看來，和外人勾結的狄純已經難以控制，爲了把血脈往下延續，總門說不定會想讓她及早受孕生子，狄純若不答應，難保對方不會強來……

葉瑋珊這才知道沈洛年爲什麼這麼緊張，她可也有點慌了，焦急地說：「巧雯姊也不知道詳情，她剛答應了我會去打探……等找到了確定的位置，我們馬上衝進去救人。」

沈洛年也明白，葉瑋珊等人若是亂衝、亂搜，萬一沒找到狄純，反而會被人扣上帽子，不過白宗有這些顧忌，自己可沒有。沈洛年心念一轉說：「瑋珊，告訴我那老渾蛋住哪兒。」

葉瑋珊驚問：「洛年?別冒險。」

「別擔心。」沈洛年說：「凱布利在城內還是可以用，除了你們之外，歲安城內誰也奈何不了我。」

葉瑋珊仍說：「但萬一沒找到，總門一定會發動全城人追緝你，你的名聲已經……」

「瑋珊！」沈洛年不耐地打斷說：「我的名聲和小純哪個重要?」

葉瑋珊一怔，低聲說：「我明白了。」

當下葉瑋珊把總門相關建築物的位置，盡量清楚地告訴沈洛年，不過葉瑋珊對總門內部的編制安排，也並不很了解，只能讓沈洛年自己小心。

□

歲安城，經過這段時間的經營，已經頗有規模，其中最外圍一圈，被分割成十二塊方圓八百公尺的地區，照十二地支分別命名，現在主要的房舍，都蓋在這些地方。

城內正中央，一大片長寬一公里半的大片空地，則是未來的政商中心，這時還沒有興建任何建築物，暫時被移作農田使用，總門以適當的息壤土與息壤磚，搭配出恰到好處的道息量，讓大量妖藤在其中繁殖。這些妖藤一層疊一層地長成一片數公尺高的茂密藤丘，當此圍城之際，足供城內人口長期食用。

城內東西南北有四條大道，被稱作東大道、西大道、南大道、北大道，分別從四面主要大城門通到正中央的藤丘區，其中東北「卯字區」、東南「午字區」、西南「酉字區」、西北「子字區」四個角都還空著，那附近本來放了一排排簡陋、有輪，不知做什麼用的高木台，經過今日騰蛇肆虐之後，看來毀了不少，不過連夜仍有人趕著修復，想來該是挺重要的東西。

這空著的四區不算，剩下的八區中，台灣來的二十萬人，佔據了城東、城南的辰、巳、未、申四區，近十萬來自中國大陸各城市的人們，則分了靠河的城西戌、亥兩區，至於城北「寅字區」，則分配給美、澳、東南亞等地的人們居住，還有個丑字區的一小半，被劃給來自日、韓的難民居住，這也是八區中，最少人居住的一區。

總門的建築區，正是蓋在城西亥字區北端、西大道南面三戶連成一片的大宅，當中最大的一戶，是以呂緣海爲首的日部。日部負責城內相關戶政、警政系統，處理的事情最雜，所以宅院也最大。

其次是左側的星部，星部以高輝爲首，手下二十餘名宿衛，分統萬名變體部隊，是總門最主要的戰力，所以這兒也有不少官兵進出。

最後就是右側，房宅數量最少的月部，月部負責人狄靜向少露面，主要職務是針對總門內部人力、物資作管理調度，對外人來說，月部處理的事似乎很少，但掌握的卻是核心權力。

依照過去的經驗，狄純應該被關在離狄靜不遠的月部，但若考量到防守的人力調度，也可能直接被關在星部，由那些高手監視；至於日部，暫時比較像個市政府般的機構，門戶洞開，出入複雜，論理是最不可能關人的地方，但相對也是最不適合大舉搜索之處，說不定總門反其道而行，故意把狄純藏在那兒。

也就是說，三個地方都有可能……沈洛年在夜色中，悄悄地飄近城牆，探頭看了看，趁著沒人注意，紅影一閃，瞬間閃過那五公尺寬的城牆，從東北角進入城內。

目標在城西，沈洛年沿著城北牆角暗影處，從東北角飄竄到西北角「子字區」，正如剛剛所看到的，這兒放了許多木製高台，到近處一看，沈洛年還是不明白那是何物，總不會是攻城車吧？城內放攻城車有什麼意義？

反正這不是重點，沈洛年將凱布利妖炁減少，再沿著西面城牆邊緣暗影飄掠，一路往南奔。還好防守的重點畢竟都放在城牆上，城內巡邏看守的人不多，沈洛年很順利地從「亥字區」小巷中繞到西大道北端，遙望著對面「戌字區」的總門。

到了這附近，沈洛年發現，周圍地底下似乎到處都有炁息聚集的反應。按理來說，歲安城內應該不容易聚集炁息才對，莫非這些人在地底挖了夠寬大的地下室，然後躲在其中？

這也不是不可能，雖然這附近道息本就不豐，但總比待在壓縮息壤磚旁邊舒服一點，不過只要出來地面，炁息馬上就會散去泰半，倒也不用擔心。

現在的問題是，前方總門三幢大宅的地底下，似乎也隱隱有不少強弱不同的炁息感應，若狄純被關在地底，自己非得往下探尋不可，可得小心了。

不管如何，先去月部看看，就算要去地底，也得找到入口。沈洛年眼看四面無人，輕身掠起，飄入月部大屋。

這兒和外面不同，巡邏守衛的人數陡然增多了起來，無論是屋頂、轉角，不少地方都站著揹槍的變體士兵，就算沒有炁息，變體者的基本體能依然遠勝普通人，想躲過他們耳目鑽進去，實在不大容易。

一路殺進去是無所謂……但萬一打草驚蛇，讓他們把狄純藏了起來，那可就麻煩。沈洛年想了想，看著不遠處一間被騰蛇爆毀的房子，靈機一動，讓凱布利無聲無息地飄到空中，突然灌入妖炁，在空中轟地一聲炸了開來。

這一下，所有人都往空中看去，沈洛年一踢牆壁，貼著地面往內急射，一下子穿入了三十公尺，越過了兩排房舍。

「怎麼回事？」「龍妖又來了嗎？」

眾人討論聲中，沈洛年讓凱布利換了個方位，在亥字區上方又炸了一下，趁著守衛紛紛往北擠，又往裡面鑽了一段距離，這才讓縮小的凱布利，悄悄地貼地飄了回來。

還好沒遇到什麼人，這時若是不小心碰到人，非得下殺手不可，而且最好還是別用凱布利的妖炁，否則說不定會被人感覺到……除了用匕首直接殺人之外，只適合用闇靈之力。

沈洛年此時的目標是後面一間透出燈光的小屋。這種時候、這種地方還醒著的人，若非重要人物，就是有重要事情得完成，過去看看應該沒壞處。

而這附近雖然守衛不少，但基本上都是朝外監視，當沈洛年靠著凱布利與快捷的身手接近房側，進入防守圈後，反而不大容易被人發現。

如果狄純剛好被關在這兒，那就太美滿了。沈洛年繞到東側窗外，飄浮躲藏在雨遮暗影之中，靠著牆壁，把凱布利拉成一片黑影遮掩住自己身體，這才緩緩探頭，往內偷瞧。

這點著燈火的屋子裡，只放著幾張簡單的木椅、桌櫃，一個二十出頭的女子，正有點神色不安地坐在椅子上。沈洛年快速四面瞄了一眼，沒再看到其他人，不禁有點失望，不過話說回來，這女人自己似乎見過，不過一時之間想不起來……

要進去問問，還是換個地方找呢？沈洛年正拿不定主意，突然屋中傳出有些古怪的戛然輕響。沈洛年低頭偷瞧，卻見屋中桌面往旁橫移，出現了一個洞口，那女子馬上站了起來，一面幫忙推開桌子，一面熱切地望著洞口。

洞中一個不滿二十的青年走了出來，對女子點頭說：「詩群姊。」

「毅折，部長怎麼說？」女子伸手幫那男子拍了拍肩膀的灰塵，一面關切地問，看來兩人關係頗爲密切。

「聽說已經順利把那女人抓住了，還在她身上搜出個好東西。」男子爬出洞口說：「白宗古怪東西當眞不少，過去我們眞的都被當成外人，從沒聽說過。」

男子一轉頭，臉朝向燈光，沈洛年不禁瞪大眼睛。這人自己認識，同一瞬間，沈洛年也想起了那女子的身分，這男子是當初眾人的同校同學陳毅折，那年輕女子則是過去一直跟隨著劉巧雯的彭詩群，都是和劉巧雯一起由白宗轉投總門的人。

「巧雯姊怎麼樣了？」彭詩群臉上有點愧色，低聲說：「不會難爲她吧？」

「可能會先迫出妖質吧。」陳毅折沉吟說：「這時候也不可能放了她……妳別介意了。」

媽的！劉巧雯被這兩人出賣了？沈洛年一咬牙，忍不住把闇靈之氣運了起來。

「其實巧雯姊對我一直都不錯……」彭詩群有點難過地說。

「我可不怎麼感激她。」陳毅折冷聲說：「她當初帶著我們投入總門，遇到海嘯死到剩我們兩個也就算了……如今眼看白宗勢大，她想撇下我們自己回去，這也太過分了。」

「巧雯姊不一定是想回去吧？」彭詩群低聲說。

「她私下和黃齊見面，又不肯告訴我們內容……難道不是想撇下我們重回白宗？」陳毅折頓了頓又說：「而且白宗和總門這兩天似乎出了什麼事，除了警備提高之外，張志文、侯添良那兩個傢伙昨天還賊兮兮地跑來套我話……巧雯姊知道的祕密比我們多，白宗當然比較願意和她談。」

「總之做都已經做了。」彭詩群嘆口氣說：「我一直有點後悔，也許不該告訴你巧雯姊和黃大哥碰面的事。」

「告訴我才對。」陳毅折一笑，輕摟著彭詩群的腰說：「那女人被抓，月部多了一個『桂守』的缺，童安桂守偷偷告訴我，狄部長很欣賞我，月部晉升不看年資與功力，我說不定會有機會。」

「別這樣，又不是在自己房裡。」彭詩群往窗外望了望，這才回頭微笑說：「可以升桂守嗎？那可得慶祝一下。」

「還沒肯定呢，回房再說。」陳毅折牽著彭詩群的手，往門外走。門一開，一雙冒著黑氣的手，從門口上方彷彿電閃般地探了進來，一把捏住兩人喉嚨，下一瞬間，兩人身上騰出白霧，化爲兩具乾屍。

應該先問問話的……落地之後才回過神的沈洛年，望著躺在地上的兩人屍體，有點詫異地看了看自己的手。

這還是他第一次運用闇靈之力殺「人」，和過去殺鑿齒、狼人與結束牛頭人性命的感覺還是不大相同……沈洛年回想起當初以闇靈之力和鑿齒大戰的過程，這才發現，當有殺意的時候運起闇靈之力，那股殺意似乎會被放大……這力量莫非有鬼？不過沒找到狄純之前，不適合使用凱布利妖炁，若不用闇靈之力實在太冒險。

殺了這兩人沈洛年倒不後悔，只可惜沒問清楚地道下面的狀況。他快手快腳地關上門，把兩具輕飄飄的乾屍推到木櫃頂端疊放著，這才推開木桌，往地道內鑽了進去。

下方是個大約五公尺深的樓梯，越往下，地下道息也逐漸增加，看來挖了頗大的空間，而樓梯口外側門旁，左右各站著一個變體者看守著，體內也都引入了炁息。

看來這兒就像當初那山丘建築一樣，若有敵人從外面闖入，只要以有炁對無炁，敵人自然不是對手。

不過自己剛好是例外。沈洛年無聲地飄下，冒出時兩手左右一抓，握著兩人脖子低聲說：「別出聲！」

「你……」其中一人驚呼了半聲，沈洛年掌中黑氣立吐，那人聲音馬上消失，跟著身上騰出白霧，化成乾屍。

另一人本來還忍住沒叫，眼看眼前突然出現這種恐怖畫面，他忍不住張大嘴，啊地一聲想喊。但只不過一吸氣，沈洛年闇靈之力再吐，也送他上了西天，兩人前腳後腳甃命，黃泉路上倒不寂寞。

這些笨蛋就不能冷靜點嗎？沈洛年本來沒想殺這兩人，只打算問話後打昏便罷，沒想到兩人卻忍不住想叫，硬要讓自己進補；他皺眉搖搖頭，把兩人隨便塞入樓梯底下，繼續往內探。

這兒雖然是地底，下方卻鋪了木地板，沈洛年感應著道息狀態，也漸漸弄清了這兒的情況……這裡是個寬五十公尺，長約有兩百公尺的長方形地穴，上下則有八公尺深，而這木地板卻比底下的土面高了三公尺，也就是說，這地下室無論上下，離普通的息壤土都至少有三公尺遠，道息量自然比地面豐沛。

而同樣在這地底空間中，越近中心處，當然道息越多，一些首腦人物應該會住到裡面去吧？沈洛年看著走道往左右延伸，隨便選了南面前進，一面仔細感應著裡面的狀態。

若狄純和劉巧雯被關在裡面，八成被穿上了息壤衣，無法感應到，不過中間那兒，卻有幾股雖然內斂，威力似乎並不小的炁息，莫非是重要人物？

最好能逮到這種人來逼問或交換。沈洛年走近南端直角，探頭一看，卻見通道中央又站著兩個守衛，似乎正守著向內的通道。

這可有點麻煩，轉角距離那端約有百公尺，要讓對方來不及出聲，恐怕不容易……沈洛年遲疑了好片刻，終於靈機一動，他轉身掠回放著屍體的樓梯出口，以闇靈之力透過金犀匕，往地面一劃，挖開了一個圓形洞口，身子鑽了下去。

既然這兒是地板特意架高，下方自然應該是空的……果然底下除了一根根粗大的木造支架之外，就只有帶著霉味的空氣，沈洛年這下再無顧忌，貼著地板飄行，朝中間方向掠去。

到了那些稍強炁息集中地之下，沈洛年一面移動，一面不時靠著地板偷聽，終於在兩個炁息感應下方，聽到一個蒼老的女聲說：「童安，妳覺得呢？」

「部長，我也不明白。」另一個陌生的女聲說：「看門主那樣子，應該不懂說謊才對。」

「我也這麼想……」這蒼老女聲似乎就是狄靜，她沉吟著說：「門主離開不到半年，就算學壞，也不可能變得這麼會演戲……但如果是實話更沒道理，她怎可能沒了預知能力？」

狄純那笨丫頭招了嗎？沈洛年微微一驚，不知道是不是應該馬上衝出去砍人。

「部長。」童安說：「也許眞如門主所說，她找到了特殊的果實，使她不會作夢？」

「不可能。」狄靜說。

「部長？」童安語氣中帶著懷疑，卻似乎又不好質問。

上方沉默了片刻，狄靜這才開口說：「我年歲已高，子息皆喪，這件事日後總要找個人傳下去……我就告訴妳吧。」

「多謝部長。」童安沉穩地應聲。

「白澤血脈……是一種能力，也是一種詛咒。」狄靜緩緩說：「這種能力的傳遞，雖然和血緣有關，卻不是單純的遺傳……任何時刻，都只會有一個白澤血脈復甦，獲得這種能力，除了一定會有一人獲得之外，也彷彿像個詛咒一般，不可能失傳。」

不可能失傳？沈洛年微微吃了一驚，難道狄純不生孩子也不行？

童安似乎也不明白，沉吟說：「請問部長，爲什麼不可能失傳？」

狄靜停了一陣子之後才說：「假如眞有辦法讓門主的白澤血脈失效，這能力，馬上就會出現在與她血緣最接近的女子身上，不會就此消失，也不用等到她的後代出現。」

童安輕呼一聲說：「那部長……」

「正是。」狄靜說：「現在世間與門主血脈關係最接近的女子，自然是我，我卻沒有獲得這種能力的感受。」

童安停了片刻才說：「一定會如此嗎？沒有其他限制？」

「一定會如此，除非門主生了女兒，我才會排到第二順位。」狄靜說。

「那現在……就是盡快讓門主把這能力傳遞下去？」童安試探地問。

「對。」狄靜說：「現在就算逼她睡，也未必會好好說出夢境……我讓妳去物色一些身體健康又會哄女孩的年輕男子，辦得如何？」

「是。」童安說：「已經找了兩、三個人讓門主見過，不過門主似乎都不大滿意。」

「沒時間讓她慢慢選。」狄靜說：「告訴她，不自己挑，我們就幫她挑。」

「我也覺得這麼做比較省事。」童安說：「門主知道我們的打算，心裡本來就對那些男子十分憎惡，一定不肯選的。」

「她畢竟是我的……」狄靜停了片刻，才輕嘆一口氣說：「別強來，用藥迷昏她吧，選個比較體貼的。」

「我明白。」童安說：「我會告誡的。」

這兩個都該死！沈洛年忍著衝上去砍人的念頭，想多聽一點，看能不能聽出狄純被關的地方，畢竟從剛剛的對話中，可以知道狄純還沒受辱，貿然動手，反而可能會出意外。

這時童安突然說：「部長，萬一門主說的是實話呢？會不會有我們沒想到的可能？我看門主實在不像說謊。」

「我也不明白。」狄靜說：「除非這半年時間她就在外面生了個女兒……否則不可能……對了，妳去問問劉巧雯，她和白宗勾結，說不定知道什麼。」

「是，我這就去。」童安說。

「我也去找高輝談談。」狄靜跟著說：「那東西實在不錯，不知道研究得如何了，有沒有辦法複製。」

什麼東西？沈洛年正莫名其妙，上方已傳來開啓木門的聲音，狄靜、童安兩人一前一後往西走，一段距離之後，童安施禮轉向往東，兩人分走不同路線。沈洛年想了想，先追著童安的方向移動，一面把一部分注意力追隨著狄靜的炁息感應，且先把劉巧雯救出，再找狄靜算帳。

童安經過了幾個守衛崗哨，拉開了一扇聽來挺沉重的門戶走入，這才緩緩開口說：「巧雯妹子。」

「童安姊。」上方傳來劉巧雯微弱的聲音，卻沒感覺到炁息，應該是被迫穿上了息壞衣。

「妳再不說，我可保不住妳了。」童安溫聲說。

「要我說什麼？」劉巧雯低聲說：「我對總門一直忠心耿耿。」

「妳覺得這樣就能打發我嗎？」童安輕笑說。

劉巧雯停了幾秒之後，緩緩說：「我也知道妳的手段，怎敢隱瞞？我和黃齊見面，眞的單純只是看在過去情誼上，碰面敘舊，他們夫妻倆如今也很少管事，只爲這種事就安我個反叛的帽子，未免太不講理。」

「這兒可不是法院，我懶得跟妳講理。」只聽啪地一聲脆響，跟著是劉巧雯的悶哼聲。童安這才說：「最好說點我想聽的，否則……妳也見識過我的手段。」

媽的，不能拖了。沈洛年拔出金犀匕，正想挖洞，又怕挖洞的聲音太大，引起童安注意。想了想，沈洛年飄到童安腳下，左臂運上闇靈之力，猛然往上探，破開木板的同時，一把抓住童安腳踝，把闇靈之力送了進去。

但抓著脖子和抓著腳踝，死亡速度大不相同，童安先尖叫了一聲，闇靈之力才散入體腔，緊跟著門口被人快速地打開，兩個男子慌張地奔入，一面說：「童桂守？怎麼了？」

沈洛年一不做二不休，飄身過去，一左一右，又破開木板抓向腳踝，兩人一樣在驚呼之後，化成乾屍。

被綁縛在牆上的劉巧雯，看著地下突然出現一隻透出黑氣的怪手，猛一把抓住了童安腳踝，眼前突然冒出大片白霧，童安在霧中化爲乾屍，自然也是吃一驚，不過她本自分必死，倒忍著沒叫出來。

而霧還沒散，卻聽門口那兒又傳來兩聲呼叫，霧氣變得更濃……莫非這地底下有什麼妖物居住著？劉巧雯心中發毛，忍不住把腿縮了起來，不敢踩在地面。

緊跟著牆角那端傳來啪地一聲崩裂的聲音，地板倏然裂出一個大口，白霧中，一個全身紅的人影從暗影中冒出，倏然接近。劉巧雯忍不住想叫，卻聽對方低聲說：「巧雯姊？」

劉巧雯一呆，這才看清了對方的長相，不禁張大嘴說：「洛年？」

沈洛年迅快地揮手，把劉巧雯手腳、身上幾個粗大的繩結割除，一面說：「有受傷嗎？」

「沒有。」劉巧雯驚訝地說：「你怎麼出現的？」

沈洛年沒回答，目光往外轉說：「剛剛的聲音已經驚動不少人……別脫息壤衣。」

「爲什麼？」本想解開息壤衣的劉巧雯微微一怔，變體者雖然體力勝過常人，但穿上息壤衣之後，因爲體內殘餘炁息都被驅盡，反而會因爲不適而產生一定程度的無力感，尤其妖質吸收越多的人，這種情況越嚴重。

沈洛年也不解釋，橫抱著劉巧雯往屋角地洞鑽，一面說：「妳知道小純被關在哪兒嗎？」

「還沒找到。」劉巧雯落入洞中之前，瞄了地上那三條乾屍的恐怖模樣一眼，忍不住抽了一口涼氣，停了幾秒才接著說：「我剛試著往禁區走，就被抓了……」

「陳毅折和彭詩群出賣了妳。」沈洛年落到地底，一面放下劉巧雯一面說：「我已經殺了他們兩個。」

劉巧雯一怔說：「你……殺了他們？」

「嗯。」沈洛年把劉巧雯放下，一面低聲說：「脫下息壤衣的話，位置會被感受到，先別脫，妳躲好，我去多殺幾個人。」

「洛年？」劉巧雯沒想到沈洛年開口閉口都是殺人，正想說話，沈洛年已飄飛而起，又往那洞口飄去。

「發生什麼事了？」「童安桂守變乾屍了。」

這時已經有不少人聞聲趕來，正拿著火把擠在洞口大呼小叫。沈洛年從一片黑中飄近，一來看不到；二來感應不了，只一瞬間，他手又抓著兩個總門守衛的脖子，把兩人化為乾屍，就這麼躺在洞口處。

「有吸血妖怪？」「地下有妖怪！」「別靠近那兒，快通知星部！」

上面紛紛吵了起來，人越聚越多，卻再也沒人敢往這個洞口接近。

那端人馬不斷聚集，沈洛年也不管這麼多。他飄落地面，想再度抱起劉巧雯，卻見劉巧雯身子一縮，似乎有點害怕。

沈洛年微微一愣，劉巧雯似乎也覺不妥，有點尷尬地強笑說：「我……膽子似乎變小了……洛年，你……用什麼功夫殺人的？你還是人類吧？」

沈洛年橫了她一眼說：「如果我不是人類，就不要我救妳了？」

劉巧雯一怔，低頭說：「我不是這意思。」

「那就別問。」沈洛年不管對方怕不怕，伸手把劉巧雯橫抱起，帶著她往狄靜的方位掠去。

ISLAND
你們這群渾蛋只看洋片嗎？

跑了百餘公尺，沈洛年把劉巧雯放在一片漆黑的地底下，低聲說：「別出聲躲好，敵人應該暫時不會找妳。」

「你要幹什麼？」劉巧雯低聲說。

「直接上去要人。」沈洛年話聲一落，斜飄往上飛，朝感應的狄靜位置，一把抓了過去。

劉巧雯話還沒說完，眼見沈洛年轉頭就走，她又不敢開口大喊，忍不住輕頓了頓足，暗罵沈洛年。

沈洛年本就不是偷偷摸摸的個性，一路摸進來到處偷聽，已經忍耐了很久，雖然還沒找到狄純，但既然救劉巧雯時形跡已經敗露，索性直接要人。

不過要人之前，先宰了那老太婆再說。沈洛年左手凝聚著闇靈之力，正要抓破木板，突然一股銳利快速的炁息從側面爆起，對著這方向穿來。沈洛年心中一驚，閃身急飄兩公尺，同一瞬間剛剛那處木板地面倏然爆開，一把帶著黃光的長劍戳了個空，倏然又收了回去，狄靜也已經閃開了原來的位置。

「誰？出來！」上面傳來一個低沉的聲音，同一瞬間，警鐘往外急傳，四面都傳出了人們奔跑的聲音。

媽的，居然被發現了？自己可沒運妖炁，難道有人能感覺到闇靈之力？

而且就算離息壤土有一段距離，這兒畢竟靠近宇定高原，仍是道息較少之處，總門有人能這麼厲害？沈洛年心中有些意外，但這時若不上去，對方可能就會派人下來搜索，要是和敵人在下面亂打，未必能護住劉巧雯。

當下沈洛年不再收斂炁息，他喚出凱布利，聚集妖炁往上飄出，落在那木質地面上。

這兒是這地下空間的正中央，除離上方有五公尺遠之外，是個長寬約二十公尺的大空間，此時周圍已經聚集了幾十個人，外面還有更多人正在聚集……其中爲首的，正是狄靜與高輝，另外還有賀武、牛亮等幾個星部高手熟面孔。

「果然是這姓沈的小子。」狄靜哼了一聲說：「開風口。」

號令一出，也不知怎麼弄的，通道間突然颳來一陣陣強風，原本有點鬱悶的地下室空氣，一掃而空。

舒服多了，他們應該常開這風口才對，不過能匯集風力的設計，那門戶應該不小，開著恐怕會洩露祕密吧？那爲什麼突然開了？

沈洛年正迷惑，卻聽狄靜說：「這次你別想靠著霧逃跑。」

對喔，差點忘了自己還有這招，不過沒關係，眞要逃還有金烏珠，沈洛年倒不急著用，望向狄靜說：「小純呢？」

「你還在作夢？」狄靜哼聲說：「把這小子拿下。」

先殺再討人也是可以，眼見周圍的變體部隊群拿著武器接近，沈洛年目光一寒，正要動手，頂著個光頭的高輝突然喊：「且慢。」

「高部長？」狄靜有點意外。

「狄部長，請讓我先和這年輕人談談。」高輝說。

變體部隊十之八九都是高輝所管束，他一開口，部隊自然退了下去。

反正此時沈洛年已經被重重圍困，狄靜也不介意，手虛引說：「請。」

高輝踏前兩步，凝視著沈洛年，還沒開口，沈洛年反而先說：「剛那一劍，是你刺的？」

高輝微微一怔說：「是。」

「怎麼發現我的？」沈洛年說：「我並沒凝集炁息。」

高輝停了幾秒，這才開口說：「也許可以說是……殺氣。」

媽的，拍電影嗎？眞有這種東西？沈洛年瞪眼說：「眞的假的？」

「我練武養炁五十餘年，對外在的感應本來就比一般人靈敏。」高輝哂然說：「說殺氣太過籠統，或者可以說是一種神意、氣勢、精魄的綜合……不過沈先生還多帶了一些古怪的感覺，和一般人不同。」

說得好像眞的？沈洛年說：「你的意思是，就算有人遠遠偷襲你也會知道。」

「要提高注意力才行。」高輝說：「剛有消息傳來，說囚室底下出現妖怪……我雖然正與狄部長商議，對木板底下，自是多花了點心神。」

沈洛年皺眉說：「你的煉炁法，確實不大一樣。」

「我修煉的本是古傳正法，和白宗那種速成的邪門歪道自然不同。」高輝左手一擺說：「沈先生，還是談正事吧。」

「也好。」沈洛年一板臉說：「把小純交出來！」

這話一說，也不知道誰先噗嗤一聲笑了出來，跟著這分笑意傳到每個人身上，有人哈哈大笑，也有人苦笑搖頭，他們眼看沈洛年被眾人如此圍困，居然還大言不慚，也算難得。

高輝只微微搖了搖頭說：「看在曾共抗刑天的份上，沈先生若答應從此不再干涉本門事務，我願向狄部長求個情，放過沈先生，日後總門還會並替沈先生平反，不讓世人對你繼續誤解。」說到這兒，他一面看了狄部長一眼。

除狄純之事以外，狄靜和沈洛年確實也沒什麼仇怨。她目光一轉，微笑說：「那就要看沈先生的意思了。」

「別囉唆了。」沈洛年搖頭說：「不放小純出來，就上吧。」

「這小子傻了？敬酒不吃……」狄靜說到一半，一個女子湊到她耳旁低聲說了幾句，她臉色一變說：「這小子殺了童安？還帶走了劉巧雯？」

「眞有此事？」高輝回頭問。

「我們已經發現了五具屍體，恐怕都是這小子幹的。」另外有個人回答。

剛剛高輝和狄靜討論正事，雖然有人稟告出事，卻沒聽細節，聽到這消息，高輝臉色微變，搖搖頭往後退說：「既然如此，沒什麼好說的了……沈先生，這兒都是總門精銳，和一般變體者並不相同，如果想活下去，最好束手就縛。」

沈洛年感覺得出來，這些人炁息和一般變體者確實不同，總門數千變體者努力殺鑿齒取得的妖質，看來都先分配給了精銳部隊……不過沈洛年倒還不怕這些人，只有高輝的能力比較看不透，也不知道和那種經脈運炁法有沒有關係。

見沈洛年不吭聲，狄靜沒了耐心，冷哼說：「拿下了，死活不論。」

這話一說，幾道劍炁高速地朝沈洛年飛射，沈洛年道息外激，散化了對方劍炁，他臉一沉，身形閃現間，對著狄靜撲了過去，只要拿下這老太婆，不怕問不出狄純的位置，也省得多殺旁人。

但這些人若一對一可能誰也抓不到沈洛年，人一多，幾十把劍四面八方地砍來，可不大好閃避，當初被鑿齒圍困，就是在這種情況下，被逼出闇靈之力。

不過現在沈洛年的精智力又有提升，相對使得時間能力提高。他聚精會神，在人群中左穿右穿，彷彿有好幾個身影，又彷彿每個都是虛影，在眾人一陣眼花下，他已經竄出人群，直逼狄靜。

狄靜臉色一變，拔出腰間短劍，朝沈洛年飛刺。不過她雖然也吸收了不少妖質，畢竟年事已高，戰鬥又非強項，和那些精銳相比，並沒有強到哪兒去，只見沈洛年有如鬼魅般地閃過這一劍，左手正要抓向狄靜的喉嚨。

就在這一瞬間，一束黃光爆起，高輝身劍合一，以極快速度劃破空間，飛射沈洛年左側耳門。

這一下若被刺入，可是馬上喪命，沈洛年不敢托大，低身一閃，扭身換形，一下子冒出數道人影，分而後合，匕首對著高輝後頸揮。

但沈洛年動作雖快，專修輕訣的高輝也不慢，他長劍曼妙地一旋，恰到好處地擋住了沈洛年這一匕，沈洛年此時身子奇輕，和對方這麼一碰，不由自主地往外飄震，高輝則一扭身，繼續對沈洛年追擊。

沈洛年當下運起凱布利妖炁，迅疾扭轉旁閃，避開高輝長劍，匕首橫切中路，攻擊高輝右腋。

不過高輝似乎完全不受幻影所惑，長劍已先一步轉向，朝沈洛年七首揮。沈洛年從沒遇過這種對手，大惑不解的同時，把時間能力再度調高三分，一面閃避著劍法，一面覷準了空隙，對著高輝攻擊。

不過沈洛年一變招，高輝馬上相應變招，沈洛年動作雖快，高輝卻似乎總是知道他攻擊的方位，兩方身軀在窄小空間中迅速地互換，一瞬間連續七、八個變式，沈洛年漸感手忙腳亂，他終於忍不住後旋飛騰，還連變了好幾個方位，才閃開高輝的追擊。

這是怎麼回事？當初和壺谷族長、山魈近身搏鬥，似乎還沒這麼驚險？沈洛年一時之間不敢接近，詫異地繞著高輝飛旋，不敢定在一個地方。

沈洛年不接戰，高輝卻也追不上他，他凝在場中，目光也不隨著沈洛年移動，只緩緩說：

「沈先生，你動作太單調了。」

這是什麼意思？沈洛年沒想到自己連高輝也打不過……還好其他人好像沒這種造詣，若多幾個，今日可真會死在這兒。

要先逃離嗎？沈洛年目光四面掃過，見幾個出口都堵了不少人，連通往地下那個洞都有人看守，若和人稍一糾纏，這禿頭佬想必馬上殺來，也很難順利逃脫，而他和自己打鬥根本不用眼睛，金烏珠想必也無用，這可眞有點麻煩。

高輝站在場中，也不急著追擊沈洛年，只緩緩說：「你們都注意了，古傳武術，對妖怪用途不大，但既然千錘百鍊了數千年，對人類還是有用。白宗一脈不修武技，只學幾招單純的套路，只要夠用心，很容易就可以看出他們的招式變化，就算對方速度更快或本力更大，也不難對付。」

「是。」周圍眾人整齊地應了一聲。

原來是因爲自己功夫太爛，才打不過這老頭？沈洛年哼了一聲說：「我不是白宗的。」跟著身形急閃，化爲五道身影，再度朝高輝撲去。

高輝依然不受沈洛年幻影所惑，長劍順著沈洛年來勢抖出三朵劍花，劍花未散之際，他長劍一扭，已針對沈洛年襲來的方位刺去。沈洛年連忙變招相應，兩方又糾纏了幾個回合，依然是沈洛年被迫著往外閃避，這次還差點被長劍掃過胸口。

這老頭確實厲害，當初他體內妖質和一般變體者差不多，就已能和刑天對幹，而這時他的炁息量潛藏難測，不知有多大威力。單從速度判斷，恐怕已不下於引仙後的侯添良、張志文。

要改用闇靈之力對付嗎？這種劍勢，就算全身布滿闇靈之力，恐怕也沒法護住自己軀體，而且閃避速度還會變慢……不過在那種狀態下，除了幾個要害，被劍戳個幾下倒是無傷大雅……

沈洛年還沒考慮清楚，狄靜遠遠地下令：「宿衛上去幫忙，別讓這小子鑽來鑽去。」

狄靜話聲一落，二十多個人散在四面圍上，這麼一來，高輝倒沒這麼容易追近沈洛年，不過沈洛年想毫無阻滯地換位卻也不是這麼容易，高層次的時間能力又不能使用過久……

高輝看看戰況，倒不急著參戰。他擋在狄靜前面，皺眉說：「你們小心點，這小子速度普通，但換位動作快得古怪，記得多採守勢，不求有功、先求無過。」

「是。」眾人一起應聲，手中長劍飛舞盤旋，化爲幾十道護身光圈，從四面八方追擊著沈洛年。

這些傢伙遠不如高輝，若只有一、兩個，還不是轉眼就殺了，但現在這樣可有點麻煩……沈洛年一面飛掠，一面忍不住喊：「狄老太婆，妳眞的不放小純？」

「廢話。」狄靜面無表情地說。

「媽的，是你們逼我的！」沈洛年把匕首收回腰間，兩臂黑氣一騰，朝最近的一個變體者抓去。

這些人看沈洛年閃來閃去，倒沒想到沈洛年突然換了動作，一愣間，兩、三把長劍連忙轉向攻擊。

「小心！」高輝看沈洛年戰鬥方式突變，也感不妙，喊聲中揮劍朝場中急撲。

就在這一瞬間，沈洛年右手隔開兩把長劍，左掌抓到其中一人，闇靈之氣透入的同時，將那人往外飛甩，折向再對另一人撲去。

這些人速度雖然不慢，但炁息強度遠不如高輝，武器威脅不大，沈洛年心中一定，兩臂彷彿兩根鐵條，揮打之間對方長劍完全無法應對，一眨眼又有兩人被沈洛年抓倒甩出。

此時高輝已經逼近，他低喝一聲，長劍迅如電閃，對沈洛年後腦飛刺。

和這老頭一纏上，恐怕沒完沒了。沈洛年騰身急飛，往躲入人群的狄靜衝，一面大吼：「臭老太婆，我就殺到妳放人！」

這一鑽入人堆，四面長短劍紛至，沈洛年縱然比之前稍慢一些，仍比大多數人快，加上時間能力的配合，他就這麼在人堆中左穿右插，只見變體者一個個冒出白霧，化作乾屍倒下。高輝雖然速度不比沈洛年慢，在人群中穿梭的能力卻遠遠不如，自然追不上。不到半分鐘時間，屋中已經倒下了二十多人。

雖然屍體一個個冒起白霧，但很快就被穿堂的疾風吹散，眾人看著地上的乾屍，漸漸起了恐慌，有人驚呼：「這是什麼功夫？」「吸血鬼？」「快殺了這傢伙。」

殭屍啦！你們這群渾蛋只看洋片嗎？沈洛年眼看周圍敵人紛紛擠進，幾十支劍前後左右刺來，周圍無處可鑽。他騰身飛掠，正要轉向的那一刹那，突然感覺到一股強大炁息凝聚在一點，迅疾地從身後穿來。

媽的，這老頭速度有這麼快嗎？沈洛年凌空急閃，但此時兩臂沒法完全輕化，速度還是比剛剛慢了些許，掌握先機的高輝也早已相應變化了方位，這一劍終於刺入沈洛年左腰。

這兒可是要害，沈洛年一疼間，身形不由得一慢，高輝動作未停，刺入後長劍往右急甩，在沈洛年脫離之前，長劍切削而出，斷去了沈洛年半截脊骨。

一陣劇痛傳來的同時，沈洛年下半截身體失去知覺，身子往下一軟，眼看四面刀劍劈來，他別無他法，闇靈之力瀰漫全身，身子陡然僵直，黑氣瀰漫間，他硬邦邦地一彈，震開周圍刀劍，轉身對高輝撲去。

高輝還不清楚剛剛那一劍有多大效果，眼見沈洛年轉身帶著一股強大壓力襲來，他扭身之際長劍再舉，對沈洛年右胸破綻直刺。

怎知本來完全不讓任何武器碰上身軀的沈洛年，這時突然不閃不避，就這麼高速撞來，而且剛剛沈洛年雖轉折奇快，極速卻未必多快，此時卻完全不同，雖是直線飛行，卻如電閃一般。高輝一怔間，長劍已穿入沈洛年胸口，但同一時間，沈洛年右手也抓入高輝左胸，直接把闇靈之力注入對方心臟。

高輝鬆手扔劍、翻身後摔的同時，渾身布滿闇靈之力的沈洛年，心中殺意大起，他也不管胸口還插著一把長劍，狂叫一聲，就這麼朝周圍不閃不避地殺去。

這兒可是道息不足之處，沈洛年全身散出強大闇靈之氣的狀態下，除高輝之外，其他人就算全力刺削，也頂多在他僵硬的身軀上砍出一道道流不出血的傷痕。只見他全身黑氣瀰漫，彷彿死人般地在空中僵直飛舞、四面屠殺，只要被他那兩隻冒著黑氣的手掌抓上，下一刻就冒出白霧，化爲乾屍，眼看死人漸漸比活人還多，周圍的星部精銳越打越驚，也不知道誰先喊了一聲，眾人紛紛往外逃。

沈洛年正想繼續殺，突然眼角撇到也正倉皇往外躲的狄靜。他猛然回過神，想起正事，當下轉身飛撲，一把抓住狄靜的脖子，乾啞著說：「還跑？」

狄靜感覺沈洛年那彷彿鋼爪的手掌，正冷冰冰、硬邦邦地緊緊抓扣著自己喉嚨，她目光轉過，望著沈洛年那彷彿死人一般的面孔，看著還插在他胸口的長劍，忍不住打了個寒顫說：「你……你……是人、是鬼？」

「小純呢？」沈洛年手一緊。

這一握，狄靜舌頭被逼得往外吐，說不出話來，她慘白著臉，往西邊一扇門指了指。

沈洛年二話不說，往那方向急飛，連續轟破了兩扇門戶，果然看到穿著息壞衣的狄純，正被軟禁在房間中。

狄純聽見轟然巨響，轉頭張望，看到沈洛年先是一喜，但看到沈洛年恐怖的表情和體態，還有那把插在胸口的長劍，不禁驚呼出聲。

又嚇到了嗎？這也沒辦法，這時可不能恢復，自己脊椎斷了半截，身上到處都是傷口，若恢復正常狀態，就算道息恢復能力驚人，也得躺幾天不能動。沈洛年只能盡量把黑氣收斂，一面把右胸口的長劍拔出扔地，飄近罵：「妳這丫頭眞麻煩！幹嘛被抓？」

「洛……洛年……我……」狄純忍不住哭了出來。

「又哭，愛哭鬼。」沈洛年手一劃，把狄純身上息壞衣的鎖頭破壞，一面說：「脫下，跟我出來！」一面往外飛。

且不管狄純哭哭啼啼地追著跑，沈洛年再度回到那遍地死屍的地方，卻見劉巧雯正站在場中，驚懼慌張地看著周圍的死人。

沈洛年知道，自從上面發出一連串慘叫的同時，劉巧雯就忍不住脫去息壞衣引炁了，反正這時飛上來也恰到好處，不過兩方目光一對，他從劉巧雯目光中，一樣看到滿滿的恐懼。

也許是因爲害怕，劉巧雯不敢和沈洛年目光對視，轉頭望向狄純，兩人過去還沒機會碰面，剛有點陌生地點了點頭，劉巧雯才低聲說：「這就是以前的門主——小純？」

「這位是誰？」狄純感覺害羞，抹了抹淚，縮在沈洛年身後問。

「這是巧雯姊，也是來救妳的。」沈洛年說：「脫困再說。」

「洛年等等。」劉巧雯慌張地說：「齊哥借給我一個鏡子，被搜走了，那東西很重要……你知道那東西嗎？」

很重要的鏡子……剛剛狄靜說的就是這個？沈洛年恍然大悟，罵說：「媽的！該在高輝身上，難怪這老禿頭變這麼強。」

劉巧雯一聽，連忙尋找高輝的乾屍，還好他腦上無毛，不難辨認，否則看著這大片面目全非的屍體，可不容易分辨長相。

望著高輝的屍身，沈洛年回想起剛剛那一戰，仍不免有些驚心，若是在道息更豐沛的地方與高輝衝突，自己就算使用闇靈之力，恐怕也不是這老頭的對手。但換個角度來說——高輝雖然有強大的實戰技巧，但面對具有強大妖炁的妖怪，這老頭無法近身，什麼精妙招式都沒用，自己反而可以藉著道息應付。

也就是說，自己欠缺而高輝在行的部分，就在於與人戰鬥時的招式技巧？今日若換成賴一心，說不定就知道該怎麼應付高輝。

沈洛年思考時，劉巧雯已收回洛年之鏡，一面懊惱地說：「我那時不知事跡敗露，被人制住搜了出來，完全沒用到。」

「走吧。」總之先離開險地再說，沈洛年當先往外走。

「洛年。」狄純追上說：「爲什麼還要抓著小靜？放了她好嗎？」

「我還有話問她。」沈洛年這才想起左手還抓提著人。他敲昏了狄靜，扔給劉巧雯說：「上面可能有敵人攔路，巧雯姊幫我帶一下。」

劉巧雯早已撿了支死人短劍，當下以炁息托帶昏迷的狄靜，跟著往外走。

三人奔到入口樓梯，沈洛年抬起頭，停了停說：「上面似乎都是人，妳們晚點再上去。」

「洛年，小心。」狄純忙說。

「小心？」沈洛年哼了一聲說：「確實要小心，別忍不住殺太多人。」話聲一落，沈洛年身上冒起黑氣，往上方飄。

兩人聽著沈洛年冷酷的言語，心中都不禁打了個突。劉巧雯看著狄純的臉色，試探地說：「小純……妳看過洛年這模樣嗎？」

狄純害怕地點點頭說：「一次。」

「所以……會恢復正常？」劉巧雯說。

「會的，一定會的。」狄純忙說。

「那就好。」劉巧雯苦笑說：「這不知是什麼功夫，那模樣實在不大像人……」

「剛剛地上那些……都是洛年殺的嗎？」狄純難過地說：「都……都是我害的。」

劉巧雯看狄純的模樣，也有點不忍心。她伸手輕揉了揉狄純的頭，嘆口氣說：「別難過了。」而就在這一瞬間，一連串槍響從上方傳來，兩人不禁同時抬頭往上望，不知沈洛年能不能應付這種武器的攻擊？

卻是沈洛年剛飄上去，一堆槍火馬上朝他狂射，但在闇靈之力護體的狀況下，這些槍彈怎會有效？而這些人都被息壤磚逼得幾乎沒了炁息，實在沒什麼威脅。沈洛年忍著心中那股殺意，隨手亂揮、亂砸，抓到人就往外摔，從房裡打到房外，把周圍百多人打得雞飛狗跳，到處逃命，不過幾分鐘時間，周圍又是空無一人。

沈洛年正想回頭叫人，突然心中一警，轉頭往東瞧，看清來人之後，表情這才放鬆下來……卻是賴一心領頭的白宗眾人正往這兒飛掠，而同一時間，以輕疾和白宗取得聯繫的劉巧雯，也帶著狄純、狄靜飄上地道，從屋中走出。

衝來的除了葉瑋珊等老朋友之外，白玄藍也來了。白宗眾人看到沈洛年與劉、狄兩人先是大喜，但仔細一看沈洛年宛如死屍般的臉色和渾身黑氣，又不免大驚，不過眾人還沒來得及開口，數千名帶著槍彈的變體部隊，已經把這附近團團包圍，當初見過的那位日部祕書——周光，在眾人簇擁下走出，沉聲說：「白宗諸位，為何無端殺入總門月部行館？還不放下狄部長？」

廢話眞多，沈洛年正想衝出去，葉瑋珊已經開口說：「總門無端囚禁本宗弟子狄純，有何用意？」

周光雖沒看過狄純，但也知道傀儡門主的事，他目光一轉說：「這明明是我們狄部長的孫女啊！莫非只是一場誤會？你們先放了狄部長，我們慢慢分辨。」

「我不是小靜的孫女。」狄純不敢大聲，只囁嚅地說。

「聽見沒有？小純說不是！」瑪蓮提著彎刀罵：「你以為拿著槍我們就怕你嗎？」

「沈先生、白宗諸位，此時外有鑿齒，我們不宜內鬥，請你們馬上棄械投降，若查明只是誤會，我們保證不會冒犯諸位。」周光手一舉，周圍的槍械都舉了起來，對著場中眾人。

早已經引仙的黃宗儒，棍子一舉，兩道淡淡紫光漫出，把大多數人包了起來，一面說：「洛年進來。」

「我沒關係，你們擋得住槍彈嗎？」沈洛年回頭低聲問。

「沒試過。」黃宗儒說：「不過既然還能引仙，炁牆內應該沒問題……能支持多久倒不知道。」

「周祕書！」葉瑋珊喊：「你有把握攔得住我們嗎？總門真要和白宗決裂？」

總門那兒早已知道，白宗首腦人物有古怪方法能在這息壤建的城內引聚炁息，只是一直不明原因，直到不久前，他們從劉巧雯那兒取得「洛年之鏡」，才發現應與那東西有關，只不料那東西才剛到手，還沒開始研究，一轉眼又被沈洛年搶了回去。

周光眼見白宗眾人不只能聚炁，還能引仙，子彈到底對白宗首腦群有沒有用，他其實也沒什麼把握，但總不能就這樣放了眾人。周光心念一轉說：「這樣吧，我們各讓一步，你們把狄部長和她孫女留下，我們恭送白宗諸位離開。」

狄靜要不要帶走無傷大雅，狄純可萬萬不能留下。葉瑋珊搖頭說：「我們不能把白宗子弟狄純留在這兒！」

但對總門來說，最重要的就是狄純，狄靜反而還是其次，周光正要繼續開口，沈洛年怒說：「媽的！你夠了沒？」

「沈先生……」周光早已得到消息，知道沈洛年今晚彷彿鬼怪妖物、動輒殺人，但實際看到還是有點心驚。他望著沈洛年，有點害怕地說：「你採花擄人、殺人無數，今天我們也不能放你走。」

沈洛年回頭說：「宗儒，你運出炁牆守著大家，其他人都別動。」

「洛年？」葉瑋珊從見到沈洛年就一直擔心著，這時忍不住說：「你身體沒事吧？怎……怎麼變這樣？」

「沒事。」沈洛年說：「都別動，馬上好。」說完，沈洛年朝周光走去。

「你別過來。」周光退了兩步，周圍眾人連忙舉槍對著沈洛年。他有點慌地說：「站住、趴下，否則我們開槍了。」

「省點子彈吧。」沈洛年黑氣泛出，突然加速往前衝，往周光一把抓去。

「開槍！」周光大喊聲中，急忙往後退。

連蘊含著炁息的武器，都傷不了沈洛年，這些槍彈又有什麼作用？沈洛年在彈雨中一把抓住周光說：「叫周圍的人都散去。」

四面持槍部隊還對著沈洛年不斷射擊，打得手中彈匣全空，卻一點用都沒有。眾人驚呼後撤的同時，周光臉色發白，結巴地說：「沈先生，我……我只是……小人物，逼我……沒用啊。」

「沒用就殺了你。」沈洛年闇靈之力一吐，把周光化爲乾屍，隨手又抓了一個看來像是將領的人物說：「你是有用的人還是沒用的人？」

「我……我……」那人不知該如何回答，還沒說出個道理來，沈洛年已經送出闇靈之力，扔下他，往另外一個人抓去。就這樣一個接一個，只不過短短幾秒，周圍官兵的子彈用盡，而沈洛年已經隨手屠殺了六人。

這根本不是人，是無法抗衡的妖怪……四面的總門部隊雖然還沒散去，但周圍已經空出了一大片，每個人都急著往後退。

沈洛年一下找不到人抓，他飄身而起，往人群掠去。對著他射的子彈，撞上黑氣便紛紛彈落，眼看沈洛年越來越近，站在前方的人扔下武器，驚呼聲中往後急跑，這下兵敗如山倒，附近十餘公尺內的士兵根本不敢回頭。

「別怕！殺了他！開槍！」一個站在外圍的中級軍官舉槍大叫。

沈洛年聞聲轉向，迎著槍彈接近，又把那人殺了，周圍一陣譁然，誰也不敢多口下令，紛紛望外逃。

「想死的就留下！」沈洛年低哼一聲，轉身往另外一個方向飄掠，看到發呆、開口或有膽對他射擊的人，二話不說一把抓死，他動作又快，反應較慢的士兵一個個變成乾屍摔倒。沈洛年才繞了半圈，總門數千士兵一聲發喊，往外潰逃。

但剛剛圍得死緊，想逃也不是這麼方便，內圈的人們推擠成一團，沈洛年繞的圈子則越飄越大，速度越來越快，除了把嚇呆的宰掉，還順便把幾個回頭觀望的也殺了，正殺得順手，突然聽到身後一聲大吼：「洛年，夠了！住手。」

沈洛年一怔回頭，卻見賴一心已跳出黃宗儒的防護區，正提著黑矛一臉驚駭地看著自己。

沈洛年回過神，卻見周圍已經躺倒了一大片近百具乾屍，四面白霧裊裊，在夜風吹拂下正不斷往外飛散。那數千名總門部隊已逃散一空，慌張的驚呼聲不斷往外傳，整座城市似乎都騷動了起來。

不遠處，一直遠遠觀望的黃齊和李翰，不約而同地從屋頂上飛躍奔入，他們身上沒有洛年之鏡，只能靠著變體之後的體力奔跑，所以沒有和白宗其他人一起進入。剛剛見到總門部隊合圍，兩人本已十分緊張，沒想到沈洛年突然彷彿鬼怪般地大殺四方，把這數千人趕散，兩人驚訝的同時，忍不住奔了進來，與眾人會合。

沈洛年目光緩緩掃過，見每個人看著自己的表情都是恐懼與排斥，還帶了一絲憎惡，就連一直最支持自己的奇雅、吳配睿、狄純，都低下頭不敢看著自己。沈洛年心中一沉，雖然他早知會有這種結果，但實際看到畢竟不好受。

沈洛年輕嘆一口氣，飄近眾人，見除了賴一心、黃宗儒之外，其他人都忍不住退了半步，而這兩人雖然沒動，卻帶著提防的情緒。

沈洛年不多解釋，直接對劉巧雯說：「巧雯姊，把這老太婆弄醒。」

劉巧雯點了點頭，將炁息透入狄靜穴脈，給予適當地刺激。

狄靜很快地睜開眼睛，從昏迷中清醒。她四面望了望，見到處都是倒下的乾屍，忍不住瞪著沈洛年說：「你……你這殺人妖怪……爲什麼不殺了我？」

「想死還不容易？」沈洛年哼了一聲，轉回頭望著狄純說：「妳確實吃了植楮果夾嗎？」

「吃了。」狄純雖然仍有點害怕，但依然點頭說：「可是小靜不信。」

「不可能。」狄靜畢竟活了九十幾歲，沈洛年的模樣雖然讓人害怕，但驚慌過後，她已經恢復冷靜，一面說：「小子，你到底是什麼妖怪？高部長的長劍明明穿透了你胸口！怎會沒事？」

沈洛年卻不理會狄靜，問狄純說：「這老太婆說妳如果吃了植楮，那能力會馬上轉到血緣最接近的人身上。」

「眞的嗎？」狄純詫異地說。

狄靜也是一驚，跟著說：「你……你怎……知道？」

「偷聽的。」沈洛年說：「所以現在是哪兒出了問題？」

「我不知道啊。」狄純又委屈又無辜地說：「我吃過後，眞的完全不作夢了。」

「不可能！」狄靜沉聲說：「若我獲得這能力，作夢的方式會改變，我不可能不知道。」

「妳到底算不算她妹妹？」沈洛年哼聲說：「這笨蛋像會說謊的人嗎？」

這兩人是姊妹？年紀也差太多了吧……而且怎麼年紀長的反而是妹妹？這件事連劉巧雯都不知道，白宗眾人面面相覷，誰也說不出話來。

ISLAND
乘龍而至

狄靜看沈洛年和狄純的表情，狐疑地說：「除非……除非她和你生了孩子，你既然是妖怪，說不定不用一年……」

「小靜！」狄純紅著臉頓足說：「妳又胡說什麼？我……我才沒有……洛年也不是妖怪。」

「妳老糊塗了嗎？」沈洛年忍不住瞪了狄靜一眼，這才疑惑地自語說：「這到底怎麼回事？」

「翔彩。」輕疾突然在沈洛年耳中低聲說。

「什麼？」沈洛年一呆，扭身飄開低聲問。

「白澤血脈，想必藉著精元傳遞了。」輕疾又說：「直接取精元化形的翔彩，血緣在某個程度上，比狄靜更接近狄純。」

沈洛年一驚說：「你怎不早說？」

「白澤血緣傳遞的規矩，是極少數人保有的祕密，你知道前，我不能說。」輕疾說。

「難怪翔彩上次會那麼說……」沈洛年想起了「既視感」的事，愣了愣說：「所以以後就變成翔彩才是白澤血脈了？就這樣一直在寓鼠中傳下去？」

「對，之後就會傳給和翔彩血緣最近的雌性寓鼠……但這能力對寓鼠無用。」輕疾說：

「寓鼠雖然會作夢，但醒來並不記得……所以上次翔彩才無法確定。」

原來如此，沈洛年忍不住哈哈笑了出來。

眾人看沈洛年轉身「算命」，都閉著嘴等候，只有狄靜不明白沈洛年在幹嘛，見他突然笑出聲，狄靜忍不住罵：「這臭小子瘋了嗎？」

沈洛年已知梗概，回頭望著兩人說：「白澤血脈，已經傳到寓鼠去了，不過寓鼠記不得自己的夢，這能力等於沒用。」

「你又胡說什麼？怎會傳到什麼鼠身上去？」狄靜怒斥。

若不是看狄純面子，就先給這老太婆兩巴掌。沈洛年瞪了狄靜一眼說：「寓鼠妖仙翔彩，取小純精元化形爲人，論血緣比妳還近，小純吃下植楮果夾的那一剎那，這能力就轉到那妖仙身上了。」

狄靜大吃一驚，望著狄純說：「這……這是眞的嗎？」

狄純也不知會這麼發展，她雖然有點不好意思，仍點了點頭。

「這……」狄靜本知狄純不懂騙人，只以爲另有不明的原因，使得狄純認爲自己失去能力，聽到這合情合理的解釋，她萬念俱灰地說：「太糟蹋了……太浪費了，你們居然把這能力轉到妖怪身上去？」

「這傢伙折磨妳九十年，似乎一點都不覺得慚愧。」沈洛年皺眉走近說：「還是殺了她好了？」

「不要。」狄純忙擋在狄靜身前驚呼說：「洛年，別再殺人了……而且，她是我妹妹。」

看樣子狄靜應該信了這件事，那殺不殺倒是無妨……沈洛年望著狄靜說：「狄老太婆，我雖然和白宗無關，但總門若是再找白宗和小純麻煩，我可不介意再來殺人。」

狄靜看了沈洛年一眼，只憤憤地哼了一聲。

沈洛年目光掃過眾人，見眾人那股防備的情緒雖然已經淡了，但還是透著害怕的氣味，他不禁有點沒趣，嘆口氣說：「小純對大家解釋吧，我走了。」

「洛年？」眾人驚呼聲中，卻見沈洛年體外黑氣瀰漫，拔空而起，直向著九迴山的方向飛去。

「他……為什麼又走了？」葉瑋珊追出兩步，怔怔地說：「在這兒，他誰也不怕啊。」

「洛年畢竟殺了太多人，留在這兒，我們也難做。」白玄藍走近低聲說：「先放了狄部長，我們回去再商議。」

葉瑋珊回過神，轉頭對狄靜說：「狄部長……」

「小純既然想跟你們，你們把她帶走吧。」狄靜知道白澤血脈喪失，已萬念俱灰。她從當初的狄宗，到後來的總門，就是靠著掌握白澤血脈的機密，而掌握先機，並得享權勢和高位，如今一切成空，自己位置能不能保都不知道，還有什麼好說？

狄純有點擔心，低聲喊：「小靜？」

「這些年是我對不起妳。」狄靜挺直腰桿，昂首說：「但我不後悔這麼做，如果妳恨我，我也無話可說。」

「走吧。」葉瑋珊走近輕攬著狄純，望著狄靜說：「狄部長，且讓晚輩說一句，城外仍有大批鑿齒，我們人類互鬥實在不智，今夜如有得罪之處，還請見諒。」

狄靜依然不想說話，只搖了搖頭。

葉瑋珊也不多說，招呼眾人外掠，往白宗在城南的居所飛騰。騰掠中，李翰突然開口說：「宗長，沈先生那功夫，就是……闇屬玄靈的法門嗎？」

葉瑋珊都忘了曾和李翰提過這事，而因爲剛剛沈洛年離去前的目光，讓她覺得彷彿有什麼重物正壓在胸口，心情十分鬱悶，僅隨便點了點頭說：「可能吧。」

「那功夫不只無法感應，在壓縮息壤磚建起的城中依然有用，眞是太棒了。」李翰卻有點興奮地說。

「我可不敢學。」張志文咋舌說：「剛剛洛年那模樣很可怕耶，眞的很像……很像……」

他頓了兩頓，終於還是沒說出口。

「剛剛我看洛年那樣，很害怕耶。」吳配睿跟著說。

瑪蓮嘖了一聲說：「阿姊也有點心驚膽戰的。」

黃宗儒突然低聲說：「洛年……也許就是發現我們都在害怕，才離開的。」

眾人其實多多少少都有這種感受，此時黃宗儒這麼一提，一時之間，誰也說不出話來。

直到眾人回到白宗在城南的大屋，落地時，張志文突然開口說：「其實我一直很想問，洛年眞是人吧？」

「你胡說什麼？」瑪蓮忍不住開罵。

「洛年當然是人。」吳配睿也忍不住跺腳說：「蚊子哥又胡說八道。」

「有時想想……」張志文抓頭說：「他和懷眞姊，眞的都很古怪啊。」

這話也有道理，眾人都皺起了眉頭。這時奇雅瞥了張志文一眼，開口說：「是不是妖怪不重要。」

「對啊！」瑪蓮瞪眼說：「就算是妖怪，他也比你可靠多了。」

「阿姊別這樣啦。」張志文苦笑搖頭，頓了頓才說：「若只是妖怪就罷了，剛那樣子，看起來……實在不像活人啊。」

這話彷彿一根刺，穿到了眾人的心中。瑪蓮怒氣勃發地罵：「你住口！」跟著一巴掌揮了過去。

張志文連忙往外閃，一面求饒說：「我不說了，阿姊別生氣。」

但這時眾人心中仍不免蒙上一層陰影，若沈洛年當眞是什麼鬼物，那也太可怖了。

在這一片沉寂中，李翰突然開口說：「沈先生不可能是妖怪的。」

大夥兒目光都轉了過去，李翰露出微笑說：「當初我們早就做過了仔細的調查，沈先生身家資料、小時紀錄都一清二楚，妖魔鬼怪有必要爲了混入人間，花這麼多工夫嗎？何況我們認識沈先生那時，道息才剛開始增長，怎麼可能有這麼厲害的妖怪出現？」

這話說得眾人都鬆了一口氣。沒錯，當初想收沈洛年入白宗，也做過了身家調查，而且過去沈洛年根本就是個普通學生，怎麼可能不是人？

「對啊！」張志文馬上拍手說：「若我是妖怪，才不會去上學。」

「靠，都是你在說。」瑪蓮笑了起來，推了張志文一把。

這一掌沒蘊含力道，張志文倒是笑嘻嘻地受了。兩人正打鬧間，賴一心突然大聲說：「阿翰說得有道理！下次得跟洛年道歉。」

葉瑋珊微微一怔，轉頭說：「怎麼了？」

「我剛確實有點懷疑洛年不是人，要記得跟他賠罪。」賴一心想想又皺眉說：「不過殺這麼多人還是不對……」

「這是自衛。」瑪蓮說：「那些渾蛋拿槍指著我們，難道我們眞的束手就縛？我們也就罷了，小純和洛年一定走不掉。」

賴一心皺眉說：「一開始確實是自衛……但後來實在……」

「反正現在不是白宗在執法，暫時先不管這問題。」葉瑋珊低聲說：「你以後也別特意跑去找洛年道歉……說了反而不自在。」

「這樣嗎？」賴一心沉吟了一下，說道：「宗儒剛剛不是說，洛年是因爲我們都怕他才走的？」

這話一說，葉瑋珊心情又沉重了起來，眾人彼此互望，這一瞬間，都有幾分慚愧。

黃宗儒的猜測，雖然不能說不對，但沈洛年這麼急著離開的眞正原因，卻是因爲必須找個地方安靜療傷，否則根本沒法斂回闇靈之力。

今晚總門一戰，除了被高輝砍出的兩處重傷外，那些宿衛也在沈洛年身上劃了不少淺劍痕，沈洛年心裡有數，等闇靈之力一退，自己一定不好過。

白宗眾人討論的同時，他已飄入深山，先找了個山坳土隙處趴下，再用草葉把自己身形遮起，等一切準備妥當，他這才深吸一口氣，咬牙收回闇靈之力，讓道息重新往軀體內泛出。隨著凝結的肉體開始活化，各種感覺由神經傳遞回大腦，劇痛在這一瞬間從全身各處同步襲來，沈洛年縱然已有心理準備，仍忍不住渾身一抖，承受不住地昏了過去。

□

不知昏迷了多久，沈洛年在口乾舌燥、渾身無力的狀態下醒來，他身子微微一動，發現後背腰間一陣隱隱作痛，似乎那兒的傷勢仍未完全復元，但這種疼痛感，應該也不用花太久時間……看來這次受傷，恢復得挺快。

沈洛年閉著眼睛又休息了好片刻，這才身子放輕，緩緩飄起，找個瀑布脫光身子，站在水下，一面讓冷水淋頭，一面摸了摸肚子。他四面望了望，不禁微微嘆了一口氣。

雖然四二九大劫之後已經過了快一年，但這兒畢竟是新生的土地，除了靠妖炁和土壤就能生長的植物之外，連一般植物都不多，更別提鳥獸蟲蛭，溪水中也還沒有魚蝦，想吃東西，除了啃妖藤之類的植物外，就只能去海裡抓魚了。現在肚子這麼餓，眞有點懶得去，問題是不吃又不行……

沈洛年正煩惱，耳中輕疾突然開口說：「這五天中，白宗葉瑋珊找過你兩次，第二次有留言，現在要聽嗎？」

自己躺五天了嗎？原來不是恢復變快，其實也躺了好一陣子……怪了，五天沒吃、沒喝才這樣？自己身體似乎越來越不像人類了……沈洛年想起當時眾人的神情，心情一陣鬱悶，嘆了一口氣才說：「現在聽。」

輕疾換成葉瑋珊的聲音說：「洛年，我們和總門談過了，針對小純的事情，兩方已取得諒解，應該不會再有事了。現在總門由呂緣海部長爲首，他希望白宗和共生聯盟加入總門，改制成一個叫作『噩盡聯合會』的新組織，一起爲歲安城出一份力，我們還在考慮……不過這些你該沒興趣吧？」

「關於你的事，和總門碰面時，我們沒提，總門也沒提……總之，我想總門該不敢打歪主意了，你來應該沒什麼危險，我們眞的都很想見你，能和我們聚一聚嗎？」葉瑋珊頓了頓，又說：「你這幾天似乎很忙，我找了兩次，你都無法應答……聽小純說你那晚有受傷，應該沒事吧？方便的話，回個訊讓我們安心好嗎？別忘了。」

聲音結束後，沈洛年等了片刻才開口說：「沒了嗎？」

「沒了。」輕疾說：「需要知道兩通來訊的時間嗎？要回訊嗎？」

「不用了，去找吃的。」沈洛年上岸著裝，揹起背包，飄身向著山谷外飛去。

片刻後，沈洛年砍了一小截妖藤，削去皮，坐在一處山巔上，一面看海一面慢慢地啃食。

咬著咬著，沈洛年突然說：「鑿齒都沒攻城嗎？」

「你問我嗎？」輕疾說：「此爲非法問題。」

「小氣。」沈洛年哼了一聲說：「這種事又不算祕密。」

「但也不是常識。」輕疾說：「你回訊詢問或過去看看不就知道了？」

「不要。」沈洛年一面嚼一面說。

輕疾停了幾秒之後才說：「如果那位葉小姐，又傳訊來呢？還是不聽嗎？」

沈洛年一怔，遲疑了一下才說：「我沒這麼說，問這幹嘛？」

「我以爲你跑到這麼遠處，是爲了不想感應到歲安城的狀態，那麼也不需要再與葉小姐聯繫了。」輕疾說：「但如果人類遇到強敵或危險，你最後還是忍不住會去幫忙的話……還不如早點干涉。」

沈洛年也很清楚，當眞要狠下心不理會葉瑋珊，自己是辦不到的，不過輕疾會這麼建議倒是挺新鮮。沈洛年有點意外地說：「這話什麼意思？」

「若歲安城那兒的人們，在規劃未來的時候，能做出正確選擇，發生危險的機率就會降低。」輕疾接著說：「你或許可以考慮改變自己的處事方式，主動使歲安城往比較安全的方向發展。」

沈洛年沉默了片刻，突然說：「你今天話特別多，而且好像有點古怪……到底是想說什麼，直說成不成？」

「此爲非法問題。」輕疾說。

「媽的。」沈洛年好笑地說：「那你就別嘮叨。」

輕疾還當眞住嘴了，但沈洛年口中雖然這麼說，卻不大安心。輕疾不會關切自己或任何一個人類的未來，他本體后土擔心的只有一件事，就是避免自己成爲眞正的屍靈之王，所以才和自己有這種例外的溝通……剛剛那個建議，應該也與阻止自己使用闇靈之力有關，換個角度說，自己不理會那建議的話，是否代表未來很可能又會被迫使用闇靈之力？

但若非必要，自己又怎會使用？那晚殺了這麼多人後，歲安城內該沒人敢找自己或白宗麻煩，又怎麼還會讓輕疾這麼判斷？

難道是有外敵？莫非鑿齒正猛烈地攻城，歲安城將要守不住？

這不大可能吧？歲安城使用了大量的壓縮息壤土，鑿齒只要接近城牆附近，馬上就會被槍砲射傷，根本殺不進去。就算他們四面圍城，有能飛行的千羽部隊，加上城中央培育了大片生長迅速的妖藤，應該也困不死歲安城的人……而且上次觀察城外，鑿齒看起來實在沒什麼攻城的意願。

難道歲安城中，儲備的彈藥太少？又或者鑿齒突然聰明起來，找到辦法讓歲安城守不下去？就算如此，白宗眾人靠著鏡子，想殺出重圍逃入宇定高原，也不太困難，就怕他們該跑不跑，打著和歲安城共存亡的傻主意，到時被幾萬鑿齒團團圍住，想跑也跑不了。

想到這兒，沈洛年眉頭皺了起來，其他人不敢說，賴一心說不定眞會幹這種事，而賴一心不走，葉瑋珊、瑪蓮自然不會走，接著奇雅、張志文、黃宗儒恐怕也會留下，最後侯添良、吳配睿當然也只好奉陪。

說來好笑，白宗眾人就像一綑粽子一樣，提起一個，整串都跟著起來……沈洛年正自好笑，但一轉念，眉頭又皺了起來，說起來，自己似乎也被綁在那綑粽子當中？

媽的，我才不繼續蹚渾水！沈洛年扔下吃剩的妖藤，拍拍肚子哼聲說：「以後的事情以後再說！等我傷勢完全復元，我要先去搜刮幾個應龍寶庫！把咒誓處理掉。」

沈洛年本是有點自言自語的味道，沒想到說完後過了幾秒，輕疾突然說：「你這樣一直盜取應龍寶庫，不擔心牽連其他人類嗎？」

沈洛年微微一愣說：「他們會知道是人類偷的嗎？」

「機會雖然不大，但也很難說。」輕疾說：「你過去已經和不少妖族衝突過，什麼時候會對人類造成影響，誰也不知道，比如上次騰蛇騷擾歲安城的事情，就與你有關。」

這話雖然有道理，但實在不像是輕疾會說的話，今天這泥土傢伙眞的很古怪……沈洛年越想越不對勁，終於忍不住說：「你意思是，我之前已經做了什麼會影響人類的事嗎？」

輕疾停了片刻才說：「以你現在獲得的資訊來說，我沒法給你肯定的答案。」

「你這說話老愛拐彎的傢伙！」沈洛年罵說：「我和瑋珊聯繫就會獲得資訊了對不對？」

「此爲非法問題。」輕疾說。

這泥土渾蛋！沈洛年悶哼說：「找她就找她吧，聯繫白宗葉瑋珊。」

「請稍候。」輕疾過了片刻說：「對方此時無法應答。」

「什麼意思？」沈洛年微微一怔。

「就是對方沒有回應。」輕疾說：「比如昏迷、死亡……」

輕疾說到一半，沈洛年已經跳了起來，控制著凱布利往西北方的歲安城飛，這時才聽到輕疾悠悠地說：「當然，不想回答或沒時間回答也有可能。」

聽到這一句，沈洛年這才在空中突然一頓，罵說：「媽的，說快點不行嗎？」

輕疾倒是沒什麼特別反應，只接著又說：「比如你前幾日的狀態，也是如此。」

雖然葉瑋珊的狀況，輕疾不可能不知道，但就算自己開口詢問，八成也是一句「非法問題」就把自己打發掉了。沈洛年畢竟放心不下，不再多說，繼續往西北飛去。

隨著距離逐漸接近，沈洛年還沒飛出高原區，已經感應到了那兒的炁息狀態，沈洛年心頭一鬆，還沒到九迴山區就停了下來……卻是他已經感覺到葉瑋珊等人的炁息，他們正好端端地在歲安城中，一點特殊的狀況都沒有。

同屬人類的炁息，本來並不是這麼容易分辨出個人特色，但白宗眾人一來擁有洛年之鏡，炁息比其他人強大，加上發散型與爆訣也是種可以分辨的特色，這幾種狀況同時出現，除葉瑋珊以外自然沒有旁人。

葉瑋珊停留的地方，似乎另聚集了頗多變體者，可能歲安城中的人們正在開會吧？不過除白宗眾人之外，其他人的炁息量，居然也都比總門地下室出現的變體部隊還要豐沛，看起來他們是聚在一個道息比地面還濃密的地點，歲安城裡面難道還有更大的地下室？

沈洛年注意力接著往外散，觀察著外圍饕餮的狀態。饕餮似乎仍只是四面圍困而已，也還沒打算攻城，而饕餮陣中，一時也感覺不出有沒有強大的妖怪。

該沒什麼問題吧？等葉瑋珊有空，自然會與自己聯繫。沈洛年正想離開，耳中輕疾開口說：「白宗葉瑋珊要求通訊。」

來了嗎？沈洛年注意力轉回歲安城，剛剛那群人果然已經散開了。沈洛年這才開口說：「好。」

「洛年，你身體沒事吧？我剛剛正忙，沒法回訊。」葉瑋珊關切的聲音傳了過來。

「我沒事。」沈洛年說：「找我有事？」

「也沒什麼……」葉瑋珊遲疑了一下說：「我們聽說你那晚有受傷，很擔心，眞的沒事嗎？怎麼這麼晚才和我聯繫？」

「雖沒全好，但已經差不多了。」沈洛年說：「我前幾天都昏迷著。」

「昏迷？那一定是很嚴重的傷啊。」葉瑋珊一驚，焦慮地說：「你怎麼還自己一個人跑了？那天該留下讓我們照顧的。」

沈洛年輕哼了一聲說：「留下？算了吧。」

葉瑋珊暗暗心驚，沈洛年當時果然察覺到眾人神態有異，卻不知道有沒有眞的生氣？她想了想才接著說：「我們不知道你會這麼特殊的功夫，一時都有點嚇到……但大家心裡都很感激你。」

「反正快好了。」沈洛年不想多提那件事，直接問：「這幾天有什麼特別的事嗎？」

「對了，該向你請教的。」葉瑋珊說：「你對虯龍族，了解的多嗎？」

怎麼突然提起虯龍族？沈洛年說：「不很清楚，只知道過去似乎曾統治過人類……上次那個共聯的誰不是說了一堆嗎？我知道的不比他多。」

「你說張士科張盟主嗎？」葉瑋珊輕嘆一口氣說：「就是因爲他們昨晚回到歲安城了，我們今天才開了這麼久的會。」

沈洛年一怔說：「他們找來虯龍族了？」

「嗯，昨晚他們乘青龍而至……」葉瑋珊頓了頓說：「十日後，月圓之夜，虯龍族就會來聽回音，看人類願不願意再度接受虯龍族的統領。」

這可眞是件大事……所以輕疾才一直要自己和葉瑋珊聯繫？但這和自己有什麼關係？沈洛年詫異地說：「你們想讓虯龍族管嗎？」

「當然不想啊。」葉瑋珊說：「何況幾天前他們才來破壞過一次，城內大多數人對龍族都很反感。」

「上次？」沈洛年一怔，醒悟說：「那次來襲的是騰蛇，屬於蛟龍一族，不一樣的。」

「是嗎？」葉瑋珊說：「不是爲了統治方便，先給我們下馬威嗎？不然那些龍爲什麼要來這兒肆虐，又似乎並不想眞的傷人？」

「呃……瑋珊。」沈洛年突然明白，莫非就是因爲騰蛇的關係，他們才不想讓虯龍統治？雖然說誰統治與自己無關，但這果然是自己造成的影響。他有幾分尷尬地說：「騰蛇……可能是我惹去的，和虯龍應該無關啦。」

「你跑去惹那種大妖怪？」葉瑋珊大吃一驚。

「不小心半路遇上。」沈洛年說：「我逃了之後，他們就跑去歲安城找人類洩忿。」

葉瑋珊沉吟了一下說：「就算沒有這件事，人類給妖族管理還是很奇怪……騰蛇的事你別再告訴旁人，免得又有人找你麻煩。」

沈洛年頓了頓說：「你們想拒絕虯龍？」

「共聯的人正四處鼓吹，加上昨日青龍顯形，不少人看到，似乎也有些人心動……不過大部分的人還是不想被妖物管治。」葉瑋珊頓了頓，有點煩惱地說：「但若拒絕了，不知道會不會惹怒虯龍？那種會飛的強大妖怪，歲安城恐怕抵擋不住，雖然大多數房子下面都蓋了地下室，還是很難避免傷亡……得等到十日後，和虯龍見面才能確定對方的想法，上次那位虯龍族的敖旅先生，態度雖客氣，卻看不出到底是不是好人。」

沈洛年這時終於明白輕疾的意思，若讓強大的虯龍管理人類，鑿齒必然退兵，日後人類想必也能無憂無慮地生活下去，只要白宗眾人不再遇到危險，自己不用出手，當然更不需要使用闇靈之力。

眼前不妙的是，歲安城中的人類，連白宗在內，似乎十分排斥龍族來管理，其中一部分原因還是因爲自己惹來的小騰蛇胡鬧導致。

葉瑋珊見沈洛年沒吭聲，思考了片刻又說：「洛年，你也贊成讓虯龍管理人類嗎？你自己願意讓虯龍管束嗎？」

如果只有第一個問題，沈洛年馬上就會給葉瑋珊肯定的答案，但加上了後面那句，沈洛年不禁微微一愣，呆了呆才說：「我當然不需要虯龍保護，但一般人……」

葉瑋珊很快地接口說：「你說過，人類會漸漸具備保護自己的能力，那時就算沒了息壤土的效果，也不怕鑿齒……我覺得這話很有道理，若給人類幾十年的時間收集妖質，增加引仙者、變體者，人類當足以自保，又何必讓異族統治？今日若做了這個決定，難道不怕後代子孫唾棄嗎？」

這倒是言之成理，沈洛年說：「如果眞的不願意，那就拒絕吧？至少現在息壤磚造的城，似乎挺適合防守。」

「就怕日後道息又漲。」葉瑋珊說：「過去已經大漲了兩次，還有幾次誰也不知道，萬一息壤磚的效果未來不如預期，那該如何是好？鑿齒一直不退，就有不少人認為他們正在等待道息增加的日子。」

這倒也是，去年四二九大劫是第一次道息大漲，第二次在是十一月初，若半年一次，如今又到了四月，說不定眞會再度大漲。沈洛年想了想，頭痛地說：「這麼說，豈不是答應也不是，不答應也不是？」

「若不是為了此事困擾，又何須開會討論？」葉瑋珊嘆了一口氣說：「有人建議只讓虯龍管束、保護五十年，但這種事情眞能討價還價嗎？而且虯龍也不可能毫無理由地保護我們。」

「對啊。」沈洛年被一言提醒，忙問：「該有條件吧？」

「張盟主說，只要確認龍族是人類的唯一統治者，並定期準備祭品上祭即可。」葉瑋珊說：「但祭品細節他並沒說清楚，我猜測，他若非不敢問，就是不敢說。」

沈洛年迷惑地說：「現在人類這麼窮困，能準備什麼祭品？三牲蔬果之類的嗎？」

葉瑋珊輕笑說：「你別逗我了，這是不可能的。」

沈洛年倒也不知該怎麼辦了，讓龍族保護當然是一勞永逸，但換一種角度來說，確實很有出賣自己種族的味道，不管對方是不是派「明君」來管理，如今民智已開，應該誰也不願意讓妖怪來管；但如果把龍族美化成神靈，倒也不是不可能，連自己都差點被當成神來拜，能自在變化的強大龍族，應該更讓人崇拜。

「這一時三刻討論不出結果，還需要多花點時間思量。」葉瑋珊說：「洛年，你回來和大家一起討論，出出主意，好不好？」

「我不懂這些。」沈洛年說。

「你比我們懂得都多啊，還會算命。」葉瑋珊笑說。

沈洛年遲疑了一下說：「看看吧，我有空就過去。」

「洛年，你若是肯來，直接到我們住的地方，盡量別讓人看到了。」葉瑋珊說：「免得節外生枝。」

「怎麼了嗎？」沈洛年問：「難道還有人敢找你們麻煩？」

「這倒不是。」葉瑋珊遲疑了一下才說：「那天夜裡的事，畢竟還是傳了出去……這件事情，大家都不知道該怎麼處理。」

因為自己殺了太多人嗎？在全身充滿闇靈之力的時候，其實有點難以控制那種殺戮的情緒。沈洛年也不想找藉口，只說：「什麼怎麼辦？我殺人關你們什麼事？」

「唉……你那天實在殺太多人。」葉瑋珊停了幾秒，低聲說：「還好歲安城內的治安防禦總門過去一直不肯讓白宗插手……我們那晚回去，想到這件事，都不禁有點慶幸。」

「也就是說，若你們有責任在身，就得抓我了？」沈洛年輕哼說：「既然這樣，還是別去。」

「你別這麼說。」葉瑋珊忙說：「我不是這個意思！」

「好啦。」沈洛年哂然說：「但我名聲想必更差了，我看還是……」

「你聽我說。」葉瑋珊打斷了沈洛年的話，整理了一下情緒，才緩緩說：「那天我確實很震撼，我終於知道，你以前老說殺人，確實不是開玩笑……但我想了兩天之後，我覺得你是對的。」

這可不像葉瑋珊會說的話，她也漸漸變了嗎？沈洛年有點意外，愣著沒吭聲。

「你殺的人確實太多，這是事實。」葉瑋珊說：「但當時的狀況，你若不動手，兩方必然會一陣亂鬥。我早已安排妥當，一打起來，阿哲馬上就會帶著引仙部隊來支援，不久後總門外圍的變體部隊可能也會擁來……若不是你出手嚇退總門部隊，最後死的絕對不只那一百多人，我們怎麼可能會怪你？」

「我殺了一百多人？」沈洛年自己都搞不清楚。

「嗯，這是後來派人私下探聽的。」葉瑋珊低聲說：「地下室四十多人，地上近百人。」

似乎眞的多了些，沈洛年輕嘆了一口氣。

「總門根本想不出怎麼對付你。」葉瑋珊說：「事實上，因爲這件事情，總門有兩千餘名變體部隊叛出，想投入白宗……我們不好和總門撕破臉，只能先拒絕了，另外安排他們到申字區暫住。」

「他們爲什麼要叛出總門？」沈洛年倒沒想到會往這方向發展。

「他們怕又被派去攻擊你，聽說你是白宗的朋友，就都跑來了……」葉瑋珊又說：「過去他們被星部高輝部長和他手下的宿衛管束，但那些高手那晚死傷過半，這些人別無顧忌，索性脫離了……總而言之，現在誰也不想和你作對。」

沈洛年忍不住笑說：「那我乾脆再去殺個兩趟，總門不就全投降了？」

「說不定眞會如此，但你可別再這樣做了。」葉瑋珊忙說：「殺人畢竟不好，我們和總門又不是眞有什麼仇恨，他們若眞投降，我還不知該怎麼應付呢。」

沈洛年說：「既然如此，我何必躲躲藏藏？」

「暫時還是別讓人發現比較好。」葉瑋珊說：「對你心懷恐懼的人畢竟是多數，若你讓太多人看見，支持讓蚪龍統治的人說不定會變多，多添困擾。」

「喔……知道了。」看樣子葉瑋珊很不願意讓龍族統治。

「對了，還有一件事，你上次去東方……」葉瑋珊說到這兒，突然語氣一變，倉促地說：

「洛年，外面出事了，晚點再說！」

「瑋珊？」沈洛年喊了兩聲，卻沒聽到葉瑋珊回答，通話似乎已經斷絕。他注意力往歲安城那兒集中，仔細一分辨，發現葉瑋珊等人正離開南區，往西北方向奔馳。

莫非是總門又搞花樣了？沈洛年心思一轉，朝歲安城飛去。

ISLAND
如何負責？

從九迴山上往下望，沈洛年看到歲安城西北方的「丑字區」那兒，似乎有兩方人馬正在對峙。

隔這麼遠，看不出那些人的長相，只遠遠看出兩方似乎都有數百人，手上拿著的武器大都是刀劍，很少人舉著槍械，不像總門的人馬。

白宗不會鬧內鬨吧？那麼是哪兩批人起衝突？按照道理，城內有人打群架，應該由總門派人維持秩序，葉瑋珊既然這麼忙著趕去，其中一批很可能屬於白宗，只不清楚另外一批是什麼人。

沈洛年正思考間，葉瑋珊等白宗首領已經抵達，攔在兩批人之間，他們一趕上，雙方的氣焰馬上降了下來。過沒幾分鐘，其中一批人在葉瑋珊等人指揮下，轉頭往南走，而另外一批人，則留在丑字區，紛紛散回房舍，看來是那兒的住民。

記得上次葉瑋珊有簡單地提到，丑字區主要是日、韓難民居住，當然也有部分倖存的日、韓變體者，莫非某些白宗人，和那兒的人起了衝突？

這種事倒不用自己操心，沈洛年看沒鬧出事，開口對輕疾說：「我獲得足夠資訊了吧？你有什麼建議，可以說了。」

「我當然是建議讓虯龍族統治人類。」輕疾接口說。

「這樣對人類最好嗎？」沈洛年問。

輕疾卻說：「這是我認爲使你運用闇靈之力的可能性，降到最低的一種方式。」

差點忘了這傢伙擔心的不是人類。沈洛年先哼了一聲，想了想才又說：「你知道虯龍族保護人類的條件是什麼嗎？剛剛瑋珊有提到祭品。」

輕疾說：「若照過去的慣例，其中有一項，現代人類會比較不容易接受……就是每隔五年，遴選三百童女入龍宮。」

「入龍宮幹嘛？」沈洛年詫異地問。

「以僕役或妾侍的身分服侍龍族。」輕疾說：「另外，因爲虯龍族雌性數量極少，有時也會讓人類受孕產子，不過這種情況並不多。」

「虯龍不是很強大的妖族嗎？也有……這種需求？」沈洛年一直不知此事，有點意外。

「嗯，虯龍族和人類這方面頗相似，這也是虯龍族願意保衛人類的原因之一。」輕疾說。

沈洛年雖然聽得大皺眉頭，但反正與自己無關，他倒也不怎麼激憤，只搖頭說：「這種事人類不可能同意，送人去當奴隸已經很過分，還當性工具？誰家女兒願意送出去？」

「你誤會了。」輕疾說：「說奴隸倒不如說是簽下定期約的不支薪僕役，而且只要通過考核，有機會獲得部分換靈，偶爾還可以放假回人間探視親友……人類主政者，只要願意負擔薪資，應徵的女子想必不少，這一點付出換取長久的安全，有什麼不好？」

「那妾侍呢？」沈洛年說。

「一般來說，龍族就算遇到喜歡的女子，通常也會經對方同意才納爲妾侍。」輕疾說：「對那些女子來說，不只是換靈程度會被提升，也馬上從僕婦轉爲受人服侍的貴婦，其實大多數女子都很期待被選上。」

「那是古時候吧，現代的女人未必願意當妾。」沈洛年說。

輕疾頓了頓才說：「當權勢、財富、強大能力和長時間的青春放在眼前時，計較這種事的人，沒有你想像的多。」

這話沈洛年倒沒法辯駁。不管任何時代，總有人願意爲了金錢、權勢、慾望出賣自己身體，不管是用哪種形式……

這時輕疾又說：「還有一點，虯龍族化身爲人類模樣後，以人類的標準而言，條件大多不差，也不難吸引異性傾心。」

上次那位敖旅確實不難看，但有沒有吸引力沈洛年就不清楚了。他想了想說：「既然這樣，只要解釋清楚，似乎也行得通，不過瑋珊似乎很排斥讓虯龍族管理。」

「那只是一種沒必要的種族自尊心作祟，如果你願意的話，可以協助解釋。」輕疾說：

「事實上，現在歲安城內應該沒有人能違抗你，只要你出面，不難達成。」

原來是打這主意？沈洛年皺眉說：「我可不想勉強瑋珊他們聽我的。」

「要不然……」輕疾頓了頓說：「現在畏懼你的人類很多，你這幾日在城內到處走走，願意接納虯龍族的人類可能會變多。」

「媽的！這算什麼？」沈洛年又好氣又好笑地罵：「你乾脆叫我亂殺一些人好了。」

「這都只是建議與分析，決定權自然在你……畢竟他們對龍族的敵意，主要來自於你招引來的騰蛇，若人類因此拒絕虯龍族，也不公平。」輕疾說：「我和你重視的事雖然不同，但保全歲安城這件事，該是一致的。」

沈洛年思忖片刻，突然說：「虯龍族不是有尊伏之氣嗎？十日後他們親自前來，人類應該會服從吧？哪用得著我？」

「虯龍尊伏之氣，並不是萬靈丹；僅數千載壽命的年輕虯龍，這種能力並不強，影響程度有限，就算如今仍在仙界的萬年龍王親來，若人類具有足夠的自信，或心中憎惡、排斥、恐懼等情緒夠強烈，尊伏之氣效用一樣會降低。」輕疾說：「當初白宗眾人見到敖旅，就沒有受到多少影響。」

原來如此？沈洛年想了想說：「總之在這兒什麼事都搞不清楚，我去聽看看他們怎麼說。」當下沈洛年運出少量凱布利妖炁，對白宗居住的那大片房宅飛落。

□

白宗的房舍，設計上和總門的模式不同，總門那兒先是蓋起一大片圍牆，把整個空間圍住，走入大門後，裡面則是由一排排建築物與空地組合成的區塊，隨著不斷往內走，空地越多，戒備也越嚴。

白宗這兒，土地比總門小了不少，也沒有圍上大片的牆壁，一個正方形空地上，四周圍蓋了一圈彷彿宿舍般的單層對戶建築，將這空地四面圍起；這圈建築物內外出入口不下十來處，是個很開放的空間。

這整組建築內，有一大圈足以操練、運動、嬉鬧的大片空地，空地正中央蓋了一棟四層樓高的方形大宅，這大宅就是白宗重要人物居住的地方。

四層樓高的建築，在歲安城中不多，騰蛇胡鬧時，這樓宅目標明顯，頂樓屋頂幾乎全毀，不過現在已重新蓋妥，還多架起了一個十餘公尺高的寬大木製高台。

周圍的建築物，架起高台的不少，沈洛年本來還有點不明白高台的作用，飛近一看，這才發現上面站著不少輪值的引仙者，這種高台離息壤磚距離較遠，引炁仙化確實方便不少。

大宅的屋頂高台下，是一扇三公尺寬的大型樓梯入口，門口正有兩個煉鱗引仙者守衛，他們本來無所事事地眺望著城南的大片住宅，突然眼前一花，周圍激起一陣急風的同時，卻見一個穿著紅衣的少年，彷彿鬼魅般地出現眼前，兩人忍不住同時驚呼了一聲。

兩人一出聲，馬上引起周圍人們的注意，警訊往外傳開，高台上的四名引仙部隊馬上往下跳，樓梯下也有一排四人往上奔。不過眾人看清了沈洛年的模樣，都是驚噫一聲，停了下來，目光中透出驚佩與畏懼，不敢隨便接近。

這大樓似乎是木製的？難怪他們都能引仙……沈洛年目光掃過眾人說：「白宗人住這兒沒錯吧？」

「是沈……沈先生嗎？」總算有個人大起膽子問。

「我是沈洛年。」沈洛年點點頭說：「請幫我通知。」

引仙部隊中，遠遠看過沈洛年的人並不少，但實際接觸過的卻很少，此時他們近距離一看，見沈洛年似乎不像傳聞中的凶神惡煞，眾人稍鬆了一口氣，臉上都露出笑容。

從樓下奔上的四人中，有個青年似乎是小隊長之類的角色。他踏前說：「沈先生，請到樓下稍候，我們馬上替你通報。」

沈洛年點點頭，隨著青年往內，沿著樓梯一路往下走，經過四樓，到了三樓，沈洛年這才發現，似乎只有一、二樓是用息壤磚所建，三樓雖然仍有影響，但一般人該還勉可聚炁。

此時消息已經先一步傳了下去，三樓一間房門打開，孩子般的狄純首先奔出，一面飛掠一面叫：「洛年！你沒事了？」

沈洛年見狄純驚喜地站在自己面前，紅著眼睛說不出話，微笑說：「鏡子怎麼到妳身上了？」卻是沈洛年在狄純身上感應到「洛年之鏡」的效果。

「藍姊說她的要給我，後來不知道爲什麼變成黃大哥的給我。」狄純有點害羞地低聲說：「我一直說不用，但是他們怕我又出事，對不起。」

沈洛年好笑地揉了揉狄純腦門說：「妳這丫頭，老是喜歡說對不起。」

狄純紅著臉一笑，抓著沈洛年的袖子，似乎怕他又跑了。

狄純身後，賴一心跟著從房間躍出，他奔近一把抓著沈洛年肩膀，上下打量著。

「幹嘛？」沈洛年好笑地問。

「你身體沒事吧？」賴一心關切地說：「小純和巧雯姊都說你受傷了？」

「沒事。」沈洛年說。

「那就好。」賴一心笑說：「晚些有空，我們私下聊聊。」

沈洛年倒有點意外，沒想到賴一心會找自己說話，不過恰好沈洛年也有事想問賴一心，倒是不表反對，只點了點頭。

其他人呢？沈洛年目光掃過，見瑪蓮、吳配睿、張志文、侯添良正在門口偷窺，四人交頭接耳，也不知在說些什麼。

賴一心見狀，呵呵一笑說：「進去再說吧，剛剛正亂呢。」一面拉著沈洛年往內走。

沈洛年這一走近，看瑪蓮等人一臉怪異，忍不住說：「怎麼？」

四人互相對望了幾眼，最後瑪蓮鼓起勇氣，伸手捏了捏沈洛年的膀子，低聲說：「洛年……你還是正常人吧？」

「不知道。」沈洛年笑說。

瑪蓮似乎不知該怎麼接下去，回頭求救，站在屋內的奇雅搖搖頭，走近說：「我們哪一個算是正常人？洛年別理她。」

「奇雅說得對。」黃宗儒笑說：「我們引仙者仙化之後，才更不像人。」

除了奇雅和黃宗儒外，房中一角還站著印晏哲，他只和沈洛年微微點了點頭，沒多說什麼。

「那……」吳配睿吐吐舌頭說：「洛年你還是好人嗎？」

沈洛年白了吳配睿一眼說：「我從來不是好人。」

聽沈洛年這麼說，吳配睿嘟起小嘴，又忍不住想偷笑。

沈洛年憑著感應，他知道葉瑋珊等人，似乎在更往內的一間房間裡。他有點意外地說：「瑋珊、藍姊她們都在忙？」

「在問話吧？」張志文吐吐舌頭說：「剛剛阿翰領著一部分引仙部隊，跑去和共生聯盟吵架，還好阿哲及時通知我們過去攔阻，沒眞打起來……現在他們正在和阿翰溝通。」

「共生聯盟？」沈洛年意外地說：「幹嘛找他們吵架？」

「你不知道啦。」張志文說：「阿翰恨透了妖怪，聽到共生聯盟要讓虯龍族來管理人類，他快氣瘋了，剛剛要是晚了一點過去，恐怕就打起來了。」

沈洛年倒沒想到白宗的重要人物之中，就有人這麼憎恨妖怪。他沉吟說：「共生聯盟爲什麼住日韓區？」

「洛年你很清楚嘛。」瑪蓮有點意外地說：「共生聯盟裡面各國人都有，丑字區空地最多，他們就選了那邊住了。」

「其實韓國人很少，主要都是日本人。」張志文嘿嘿說：「阿猴一直希望他們重新發展動漫產業呢。」

「每次都說我。」侯添良笑罵說：「你沒興趣嗎？」

張志文一臉正經地說：「我對日本的影視產業比較有興趣。」

吳配睿有點意外地說：「蚊子哥喜歡看日本片啊？」

「喜歡啊。」張志文嘿嘿笑說：「去問妳男朋友啊，他很有研究，以前他電腦硬碟裡面放很多日本片。」

「你不是說以前很少看電影嗎？」吳配睿有點意外地轉頭問黃宗儒。

黃宗儒有些尷尬地搖手說：「蚊子在胡說啦，別理他。」

「什麼啊？你們好奇怪。」吳配睿嘟起嘴說。

「靠！」瑪蓮畢竟年紀較長，聽著聽著突然懂了，哈哈大笑說：「臭蚊子，你說A片嗎？原來無敵大是專家。」

「沒有啦。」黃宗儒漲紅臉說。

吳配睿這才恍然大悟，她倒沒有大驚小怪，只瞄了黃宗儒一眼，似笑非笑地說：「那種東西到底有什麼好看啊？」

黃宗儒張開嘴巴，愣了半晌，突然轉頭望著沈洛年說：「那個……這幾天發生大事了，洛年你知道虯龍的事嗎？」

眾人笑出聲來的同時，沈洛年莞爾說：「聽說了一點，你解釋一下吧。」

黃宗儒當下簡略地把事情說了一遍，他所知道的自然和葉瑋珊大同小異，說到最後，黃宗儒說：「願意讓虯龍管理的人少之又少，現在問題的重點，還是在於他日道息又漲，人類到底能不能靠自己守住？另外就是若拒絕，虯龍會不會翻臉？」

沈洛年想了想問：「爲什麼人類這麼排斥讓虯龍管？」

眾人一怔，彼此互望了望，賴一心開口說：「這不是理所當然的嗎？人類的事情當然要人類自己來決定啊。」

是這樣嗎？看來輕疾的期待要落空了。沈洛年正沉吟，黃宗儒卻目光一轉說：「不管哪種政治體制，其實都是少數幾個人決定一切……如果虯龍眞比人類公正無私，我並沒這麼排斥，不過在阿翰面前我不敢這麼說。」

「搞政治的都沒好人啦，讓虯龍管我也無所謂。」張志文也撇嘴說：「不過像阿翰一樣討厭妖怪的人想必不少，拒絕虯龍倒是免得自己先打起來，不過前提是『守得住』。」

「守不住呢？」瑪蓮瞄了張志文一眼。

「死光可就沒戲唱了。」張志文攤手說：「守不住當然還是請虯龍保護比較妥當。」

瑪蓮一瞪眼，正想罵人，張志文已經搶先一步說：「我可不是怕死，我自己隨時都逃得掉，這是替大家著想。」
瑪蓮倒也無話可說，白了張志文一眼說：「算你有理。」
張志文笑嘻嘻地說：「萬一城破了，我會帶著阿姊逃的。」
瑪蓮啐了一聲說：「你自己一個人滾吧。」
眾人正笑中，通往內房的那扇門突然打開，劉巧雯探出頭來說：「大家可以進來了……咦，是洛年？」
「洛年來了？快進來。」葉瑋珊驚喜的聲音，跟著從裡面傳了出來。
「大家進去。」賴一心拉著沈洛年往內走，眾人紛紛跟著走入，裡面除了李翰、葉瑋珊、劉巧雯之外，黃齊、白玄藍夫婦也在其中。他們看到沈洛年，紛紛打招呼，也忍不住上下打量沈洛年，畢竟那夜沈洛年黑氣瀰漫、慘白鐵青彷彿死人的面孔實在太過可怖，讓人難以忘懷。
這間會議室空間並不算大，一張大方桌，四面各放了四張椅子，眾人隨意坐下，白玄藍等人先和沈洛年稍做寒暄，等眾人漸漸安靜下來，葉瑋珊這才開口說：「剛剛李大哥一時衝動，私帶部隊滋事，『特別隊隊長』的職務暫時交卸下來，復職之前，先和我們一起行動。」
「是。」李翰語氣沉重地說：「大家抱歉，剛剛是我不對。」
「既然洛年來了，我們剛好趁這時候向洛年請教蚪龍族的事。」葉瑋珊停了停，望向李翰說：「李大哥，你若是沒有自信能保持冷靜、參與討論，要不要先休息片刻？」

李翰遲疑了一下，終於站起說：「宗長說得對，諸位抱歉，我先告退。」他對眾人行了一禮，轉身往外走。

葉瑋珊等李翰離開，這才望著沈洛年，露出微笑說道：「洛年，城內的大概情況都知道了嗎？」

沈洛年也不提兩人曾以輕疾對話，只說：「剛剛宗儒提了一些。」

「是的。」黃宗儒接口說：「我已經大概解釋了虯龍族和共生聯盟的目的。」

「那樣最好。」葉瑋珊說：「洛年有什麼建議嗎？」

這時該怎麼說呢？沈洛年沉吟片刻之後說：「我先把虯龍族可能會提出來的條件，說一下吧。」

剛剛怎麼沒提？葉瑋珊吃驚地說：「你知道？」

「只是有可能，聽一聽當參考吧。」沈洛年當下把輕疾對自己說的事情，簡略說了一遍。

等沈洛年說完，葉瑋珊沉吟片刻之後，才開口說：「虯龍這方面的需求，聽起來並不算太過分……大家的意見呢？」

黃宗儒見無人開口，輕咳了一聲說：「納爲妾侍的部分，若眞是你情我願，沒有強迫的成分，就先不提，若只是單純需要徵求三百僕婦維持龍宮，並不困難。」

「是啊。」張志文笑說：「眼前這種狀態下，就算不給錢，恐怕都會有一堆人搶著去。」

「我有問題。」瑪蓮問：「洛年，你剛說『部分換靈』是什麼意思？」

沈洛年說：「換靈也可以讓普通人軀體仙化，獲得炁息，類似變體或引仙。」

「那麼虯龍換靈強不強？」瑪蓮笑說：「若是很強，我以後去當個半年女僕，然後想辦法辭職！」

「我不清楚。」沈洛年搖頭說：「不過換靈獲得的能力，虯龍是可以收回的，離開前應該會被取消掉。」

「靠！居然還會收回去。」瑪蓮失望地說：「怎麼這麼小氣？」

奇雅開口說：「如果我們答應這個條件，但請虯龍不要干涉人類呢？」

葉瑋珊沉吟說：「若能藉著這條件，換取……比如五十年的保護，但卻不干涉人類內政，那就最好了。」

坐在葉瑋珊身旁的白玄藍，低聲問：「五十年夠了嗎？」

「當然越久越好。」葉瑋珊說：「不過若妖質取得沒有大問題的話，五十年已經可以訓練一批足以抵擋鑿齒的引仙部隊了……阿哲，植物萃取妖質的事情，測試得如何？」

「報告宗長。」印晏哲開口說：「已經找出了由妖藤中萃取妖質的方式，但是含量太少了，是否要派千羽部隊去道息較濃處取其他植物？」

葉瑋珊沉吟說：「等這場戰亂過去了再說，萬一出了意外，這時不方便派人支援。」

「是。」印晏哲恭謹地應答。

葉瑋珊看看眾人的表情，見似乎沒人有意見，她目光轉向沈洛年說：「洛年，你還有什麼建議嗎？」

沈洛年遲疑了一下才說：「你們……完全不考慮讓虯龍管理？」

葉瑋珊一愣，有點意外地說：「難道你同意？」

「我以後……應該會和懷真住在山裡，誰來統治人類這件事其實與我無關。」沈洛年頓了頓說：「不過讓人類被強大的虯龍族保護，我覺得也不錯啊，至少確定安全。」

「啊哈！我也不覺得是壞事。」張志文拍手笑說：「多虧洛年，我一直不敢說呢，不過我可不想去山裡住。」

葉瑋珊目光轉向眾人說：「還有其他人也贊成……或無所謂的嗎？」

「我也無所謂。」侯添良跟著笑著舉手說：「還好阿翰不在。」

「阿翰在我才不敢說實話。」張志文吐舌頭說。

「阿猴哥和蚊子哥好老奸。」吳配睿笑著說：「我不懂哪個好，但是我投洛年一票。」一面看了身旁的黃宗儒一眼。

「我對虯龍族的統治方式還不了解。」黃宗儒說：「所以暫時保留，不贊成也不反對。」

奇雅點頭說：「我和宗儒一樣，在意的是管理的方式。」

葉瑋珊倒沒想到，沈洛年這麼一表態，就將近半數的人不表示反對。她轉頭說：「舅媽，你們的想法呢？」

白玄藍和黃齊對看一眼，白玄藍一笑說：「若是沒有妖怪來犯，我和齊哥倒是挺想去山裡住的。」

黃齊點點頭，和白玄藍相對一笑。

也就是沒意見？葉瑋珊轉頭說：「巧雯姊？」

「宗長，我旁聽就好了。」劉巧雯微笑說。

「沒關係的。」葉瑋珊說：「巧雯姊不用客氣，說說想法無妨。」

「我個人是沒什麼意見。」劉巧雯想了想才說：「不過若虯龍統治，應該是集權帝制吧？就算靠嚴勘威、梁明忠他們去安撫人民，也不是這幾日內就能辦到的，他們也未必同意。」

「何必管一般人想什麼？」瑪蓮哼聲說：「等他們能靠自己保護自己再說吧。」

劉巧雯點頭說：「眼前的情況下，一般人確實沒什麼力量……不過若希望日後統治順利，還是要做做表面工夫。」

「巧雯姊剛說的兩個人是誰？」沈洛年轉頭對身旁的狄純低聲問。

「我不知道。」狄純眨眨眼，有點不好意思地說：「我是第一次開會。」

狄純的右手邊坐著侯添良，他聽到兩人的對話，湊近說：「就是台灣專門搞政治的那些人。」

「喔？」沈洛年點點頭，也不去在意了。

「巧雯姊。」葉瑋珊想了想說：「先不管一般人的狀況，妳覺得總門會同意嗎？」

劉巧雯思忖片刻後說：「很難說，掌權者通常都不願意交出權力，不過因爲洛年的關係，如今白宗已明顯壓過總門，總門若奉虯龍爲尊，說不定還比較划算。」

「所以他們很可能同意？」瑪蓮皺眉說：「我不喜歡被妖怪管，但我也不喜歡去山上，我喜歡熱鬧！」

「阿姊。」張志文笑說：「妳其實根本不喜歡被管吧？不管是不是妖怪。」

瑪蓮微微一愣，隨即嘿嘿笑說：「好像眞是這樣。」

葉瑋珊目光掃過沒開口的幾個人，賴一心一直都抱著反對的態度，倒不用多問，狄純一來還小；二來她一向沒什麼主見……葉瑋珊望向印晏哲說：「阿哲有沒有什麼意見？」

印晏哲聞聲，挺直腰桿大聲說：「宗長，我個人傾向拒絕。」

「爲什麼？」葉瑋珊微笑問。

「我和賴師兄的想法相同，我也認爲人類的事情，該讓人類自己處理。」印晏哲正色說。

葉瑋珊點點頭想了片刻，才對眾人說：「若答應，日後虯龍管理不善，我們仍可離開，但一般人不行；而若拒絕，日後萬一歲安城抵擋不了妖怪的攻擊，我們也許仍有機會逃生，一般人也辦不到……請大家別忘記，這決定牽涉了這城裡面四十萬人的未來，也許他們沒有什麼發言權，但擁有發言權力的我們，更必須替他們考量清楚，不能只從自己的角度來判斷。所謂權責相符，有了權力就有責任，做決定前，我們必須考慮如何負責。」

如何負責？想到這一點的人倒不多，眾人面面相覷間，瑪蓮忍不住開口說：「宗長，負責是什麼意思？」

葉瑋珊深吸一口氣，這才接著說：「若決定答應，萬一日後虯龍族暴虐無道、殘民以逞，我們得竭盡全力，趕走虯龍，協助人類奪回統治權。」

「虯龍沒這麼容易趕走吧……」吳配睿咋舌說：「那如果我們不答應虯龍呢？」

「不答應的話，就得靠人類自己守城，得要有和滿城人民共存亡、堅守到最後一刻的心態。」葉瑋珊說：「不能看到狀況不妙，白宗就自己先拔腿開溜。」

眾人發愣的同時，沈洛年也正暗暗詫異……葉瑋珊比過去更有決斷力，自己倒是知道，但什麼時候變這麼熱血了？這反而比較像是賴一心會說的話……沈洛年望著葉瑋珊，突然發現她正和賴一心交換眼神，相對而笑，只不過賴一心的笑容帶著肯定，葉瑋珊卻帶著一絲苦澀。

這一瞬間，沈洛年突然明白，葉瑋珊已經知道，若眞有這兩種情況發生，賴一心一定會這麼想，反正無法阻止，索性及早揭破，讓大家有個心理準備……總而言之，他們是一群他媽的大好人，不會選省力的路走就對了。

而葉瑋珊剛剛這麼一說，問題自然也變得沉重了起來。張志文見沒人說話，一吐舌頭說：「這樣好不好？我們白宗別出主意，讓別人決定吧？」

這話一說，眾人倒是忍不住笑了出來，葉瑋珊也露出笑容，片刻後才搖頭說：「除非我們當眞決定就此離開歲安城，或從此服從總門，不再干涉他們的統治，否則不發言，也是一種責任。」

見眾人都沒說話，葉瑋珊輕嘆口氣說：「三日後與總門、共生聯盟的會議，我也會把這些話說一次……但在那之前，我們必須先凝聚出白宗的共識，並針對蚺龍可能的反應，做出應變的計畫，請大家盡量把想法交換，統合意見……」

望著正有條不紊說明的葉瑋珊，沈洛年突然有種陌生的感受，過去那個曾讓自己心動的女孩呢？是長大了？還是改變了？

這一瞬間，沈洛年突然湧起一陣煩悶，趁葉瑋珊說到一個段落，他站起開口說：「我在外面等。」

「洛年，怎麼了？」葉瑋珊意外地說。

「我知道的事情已經說了，其他事我沒興趣，你們討論吧。」沈洛年轉身往外走。

「洛年我陪你。」狄純連忙跟著站起。

「妳老說自己不懂，就留這兒多學點東西。」沈洛年把狄純壓回椅子上，他一面往外走一面說：「我暫時不會溜的，放心。」

沈洛年關上門，走到外面那間空房間，隨便找了張椅子坐下，思考著現在的狀況。

就如剛剛葉瑋珊所說，不管說不說話，參與決策就要負責，自己既然打算離開歲安城，當然沒資格在會議中說三道四，一切都隨他們吧。

這次既然來了，就盡量幫他們度過虯龍統治、鑿齒圍城這些事，之後……差不多真的可以別再管了，雖然這些都是好人，但過去的那份感覺已漸漸消失，只要別再聯繫，應該能慢慢忘了他們吧？

沈洛年正思考著，通往內室的門突然打開，他轉過頭，卻意外地看到劉巧雯走了出來。

「洛年。」劉巧雯關上門，微微一笑說：「可以和你談談嗎？」

沈洛年意外地說：「妳不開會嗎？」

「我畢竟當過叛徒，不適合說太多。」劉巧雯笑說：「反正我也很少有機會能和你聊，我想先謝謝你，那天救我脫險。」

「沒什麼，請坐。」沈洛年無可無不可地說，並一面接著說：「我聽瑋珊說，妳不是眞的叛徒。」

劉巧雯苦笑了笑說：「這眞是一言難盡。」

沈洛年倒也不是很有興趣，只看了劉巧雯一眼，隨便她要不要說明。

「對了。」劉巧雯想想又說：「上次你來找的鄒朝來，我有找到人，讓他回去了。」

差點忘了這件事，沈洛年點頭說：「多謝。」

劉巧雯望望沈洛年說：「洛年，我一直想問你，你是不是很討厭我？」

「不會啊。」沈洛年說。

「那爲什麼你這麼幫忙瑋珊他們，卻都懶得理我？」劉巧雯笑說：「我本來還以爲你喜歡瑋珊呢，不過看到後來，似乎又不是那個味道。」

爲什麼自己一直有點排斥這女人？沈洛年看著劉巧雯，想了想說：「妳心思太複雜了，我老是不知道妳在想什麼。」

劉巧雯好笑地說：「難道其他人的心思你就知道嗎？」

雖然這是眞的，倒不能承認。沈洛年說：「而且妳以前僞裝成叛徒，我當然對妳比較沒好感。」

「這倒也是。」劉巧雯頓了頓說：「其實……我的背叛，也不全然是假的。」

沈洛年微微一怔，看著劉巧雯。

「雖然離開前，確實和藍姊、齊哥溝通過，但卻沒談妥。」劉巧雯望著上方的屋頂，沉吟片刻才說：「說老實話，若不是你製造洛年之鏡，又幾次救他們脫險，加上傳授了引仙之法……白宗早就和其他宗派一樣，若不是消失，就是被總門吞了。」

這倒是很有可能，沈洛年說：「妳的意思是……」

「我本來是要藍姊帶著整個白宗投入總門的，但她堅持不肯，所以才以叛離的方式離開，其實和撕破臉也差不多了。」劉巧雯苦笑說：「我過去老是覺得藍姊沒有遠見，也太沒決斷力，沒想到在這件事情上，她畢竟比我高明。」

這似乎也不能用高明來形容……沈洛年搖搖頭說：「只是妳運氣不好。」

「我當初叛出白宗，主動進入總門，一方面也希望他日白宗有難，我有機會出一份力。」劉巧雯說：「只不過沒想到，帶去的人統統死了，最後還靠你救了一命。現在大家雖然仍對我很客氣，我總不好太厚臉皮，反正現在瑋珊當了宗長，她又聰明又有人望，也越來越有決斷力，我也沒什麼好操心的……所以我特別拜託宗長，讓我出來陪你聊聊。」

「我不需要人陪。」沈洛年說。

「我知道，你老是獨來獨往。」劉巧雯突然輕笑說：「不過你救走小純之後，不是照料了她快一個月嗎？你這個大男生也懂得照顧小女孩，可眞不簡單。」

沈洛年想起那段日子，忍不住搖頭，不過雖然累，回憶起來卻也不難過……沈洛年不想多提此事，瞄了劉巧雯一眼說：「妳說當初叛離時，幾乎已經和藍姊撕破臉？」

「是啊，怎麼了？」劉巧雯問。

「那爲什麼藍姊還會找妳幫忙？」沈洛年說。

劉巧雯微微一怔，目光垂下說：「這……」

「不想說也沒關係。」沈洛年說：「我只是隨便問問。」

劉巧雯沉吟片刻，苦笑說：「告訴你也沒什麼關係……因爲藍姊知道，只要讓齊哥來找我，我一定會幫的。」

這話什麼意思？沈洛年微微一愣，目光轉向劉巧雯。

劉巧雯澀然說：「我以前曾經很喜歡齊哥。」

原來如此？沈洛年大吃一驚，黃齊看來這麼忠厚老實，原來其實也不怎麼安分？

ISLAND
巧、繁、變

「你別誤會。」劉巧雯似乎看出沈洛年的念頭，搖頭苦笑說：「我只是單相思而已，而且那是很多年前的事情了。」

「喔？」沈洛年說：「那……這麼久了，妳還沒忘情嗎？」

「初戀總是特別的嘛。」劉巧雯說：「我認識齊哥和藍姊的時候，只是個小丫頭，齊哥大我十來歲，總當我是小妹妹……後來他們倆結婚了，我不想看到他們甜蜜的模樣，能自立之後，就帶著自己的小組跑去南部發展，很少回北部。」

原來是這樣？沈洛年看得出劉巧雯說的是實話，只不明白為什麼會對自己說。他看了劉巧雯兩眼，頓了頓才說：「別人知道這件事情嗎？」

劉巧雯搖搖頭，頓了頓才說：「除了藍姊之外，恐怕連齊哥都搞不清楚。」

黃齊不知，白玄藍卻知道？沈洛年不知道為什麼，突然有種「女人真可怕」的感覺。他頓了頓才說：「為什麼告訴我這件事？」

劉巧雯看著沈洛年，收起笑容說：「我看著小純，就想到當初的我……你別以為她還小不懂事，其實就算是小女孩，當真心愛上一個人的時候，一樣很痛苦。」

「等一下！」沈洛年瞪眼說：「她可沒愛上我。」

劉巧雯搖頭說：「若不是愛上你，她為什麼總是長吁短嘆的？這年紀本來不該有什麼煩惱啊。」

沈洛年大皺眉頭說：「就算眞有，也未必是我啊。」

劉巧雯倒沒想到沈洛年矢口否認，有點意外地說：「小純沒和哪個男孩子比較親密吧？而且看到你時又這麼高興……你何必不承認？就算你不喜歡她，好好開導她，也總比裝傻躲避她還好。」

那個笨ㄚ頭喜歡的該不是自己，就怕她愛錯人了……沈洛年皺起眉頭說：「我有空找她聊聊。」

「那就麻煩你了。」劉巧雯笑說：「我以後會漸漸少干涉白宗的事務，不知道還有沒有人願意娶我，安安穩穩過下半輩子。」

這話又不像實話了，這女人說話老是愛兜圈子，難怪自己不喜歡她。沈洛年皺眉說：「妳又想說什麼？」

劉巧雯還不知道沈洛年不大高興，接著說：「經過這次的事故，我深深感覺，人算不如天算，在這時代，實力就是一切，長袖善舞、聰明機智，遠不如一個『洛年之鏡』好用。」

原來是爲了那東西？沈洛年沒好氣地說：「息壤都已爆散，我也沒法多做。」

劉巧雯眼睛一亮說：「若還有新的息壤，你就有辦法製造嗎？」

沈洛年眉頭一挑，忍不住說：「妳有話可以直說嗎？」

劉巧雯微微一怔，隨即露出笑容說：「你別急嘛，我這不就要說了嗎？據我所知，總門狄部長，掌握了過去針對息壤所研究的資料，理論上，靠著道息濃度的控制，想造出全新息壤土，是很有機會的。」

沈洛年微微一愣，息壤土是在某種道息濃度下才會產生，如果清楚這些資訊的話，確實可利用排斥道息的息壤磚來控制……雖然說息壤土一開始增殖，馬上就會破壞原有的道息濃度平衡，這方面的控制未必容易，但確實是一條路。

不過高輝拿著鏡子就差點宰了自己，日後道息還會大漲，這種東西最好別做太多；而且葉瑋珊等人也是靠著這鏡子才掌握了優勢，若做太多流傳出去，豈不是多添困擾？

「洛年，你覺得如何？」劉巧雯見沈洛年不吭聲，輕聲問：「我們若和總門作某種協議……也許可以另外製造一些洛年之鏡？」

「我不想再做了。」沈洛年搖頭說。

劉巧雯一怔，有點失望地說：「但是……齊哥的給了小純，他這樣太危險了。」

眞是爲了黃齊嗎？沈洛年又覺得看不透劉巧雯了，也許該問問葉瑋珊的意見？沈洛年最後說：「讓我想想。」

「你慢慢考慮。」劉巧雯知道沈洛年脾氣大，不敢多催，安靜地待在一旁。

過了半個多小時，會議室的門打開，一群人先後走了出來，狄純首先跑到沈洛年身旁，拉著沈洛年說：「洛年你在幹嘛？」

「發呆。」沈洛年說：「這麼快就開完會了？」

「還沒完。」狄純說：「宗長姊姊說，沒意見的先出來休息。」

「喔？」沈洛年見最後走出的賴一心，把門又掩了起來，似乎只有葉瑋珊、黃宗儒、奇雅三人還留在裡面，看來現在白宗最後做決定的，就是這三個人了。

印晏哲、白玄藍與黃齊等三人，和沈洛年寒暄幾句後先後離開，劉巧雯提醒沈洛年記得考慮之後，也走了出去。

「洛年！」瑪蓮一面往外走一面喊：「我們準備去練功，一起去？」

「洛年去嗎？」狄純有點期待地問。

「也好。」沈洛年點點頭，隨著眾人起身，爬回四樓，到了一間高四公尺、長寬均有二十餘公尺的寬大空房中，瑪蓮拔出彎刀，不等招呼，引炁仙化，轉身對著張志文就砍，張志文也早已有備，展翅御炁、高低飛掠，繞著瑪蓮高速飛轉，進退攻防之間，手中軟劍彷彿活蛇一般彈跳。

另一邊，侯添良和吳配睿兩人也開始過招，平地間移位之快，侯添良是白宗第一，只見他帶著淡淡黃光，繞著吳配睿急閃，偶爾欺入直刺，又倏然後退；吳配睿則凝定著身子抵擋侯添良的攻擊，偶爾轟然一聲使用爆閃心訣欺近侯添良，長柄刀順勢帶著爆勁劈砍。侯添良速度固然快，卻比不上這種爆發力，只能一面招架一面閃避，沒法完全避開，但吳配睿卻也無法砍實，侯添良一個卸力，身子又不知道轉到哪兒去了。

沈洛年沒想到這四人二話不說就打了起來，他訝異地說：「眞刀眞槍，不怕受傷嗎？」

「大家動作雖快，但武器上運集的炁息不多。」賴一心站在沈洛年身旁說：「萬一有意外，護體炁息抵擋得住。」

原來如此，沈洛年目光一轉說：「那一心是和小純練嗎？不用理我。」

「沒有啦。」狄純忙說：「我不會打架的。」

「可是小純很會溜。」賴一心笑說：「在這間房中，就算添良和志文一起出手抓小純，也抓不住。」

狄純看賴一心目光轉來，紅著臉低下頭，靦腆地微笑說：「我只學會逃跑，翔彩婆婆知道會生氣的。」

媽的，果然有戀愛的氣息，這人小鬼大的不聽話丫頭。沈洛年眉頭皺了起來，瞪了狄純一眼。

狄純看沈洛年面色不對，有些心虛地低下頭，笑容也不禁收了起來。

「我通常都先看一段時間，然後自己練習。」賴一心沒注意到兩人的表情，笑說：「他們等會兒還會交換對手……洛年，我和你單獨聊一下好不好？有點事想問。」

沈洛年這才想起，不久前賴一心確實說過要私下說話。沈洛年點點頭說：「好。」一面回頭又瞪了狄純一眼，打算晚點再找她算帳。

沈洛年隨著賴一心，走到無人的一角，賴一心轉過頭，收起笑容，看著沈洛年說：「洛年，上次你是用闇屬玄靈的道術吧？」

賴一心怎麼知道的？沈洛年微微一怔說：「你胡猜的嗎？」

「瑋珊推測的。」賴一心說。

莫非那本道咒總綱中，有相關的說明？不過這事萬一傳到妖怪耳中那可糟糕。沈洛年遲疑了一下說：「問這做什麼？」

「好吧，我也不管是不是。」賴一心說：「那種方法既然會奪取你的心智，就千萬別再用了。」

「會嗎？」沈洛年一驚說，他之前雖然隱隱有點懷疑，卻沒賴一心這麼肯定。

「若非如此，你怎能下手殺這麼多人？」賴一心眉頭深深皺起，沉痛地說：「你不是這種人啊。」

沈洛年一呆，忍不住罵：「這算什麼推論啊？」

「啊？」賴一心也一愣說：「不對嗎？」

這無可救藥的白痴大好人！沈洛年看著賴一心搖頭說：「這功夫……確實會激揚起心中的殺機，不過，只能說是推我一把，我本來就不在乎別人的性命。」

「不，我不相信。」賴一心搖頭說：「你別騙自己，若我沒猜錯的話，你沒用那功夫的時候，應該沒有殺過人吧？」

這話倒是沒錯，但這時承認就輸了。沈洛年嘴硬地說：「當然有，你沒看到而已。」

賴一心搖頭說：「我才不信，若你眞會殺人，第一次救出小純時，你的罪名就不只是採花了。」

這傢伙腦袋怎麼突然靈光了？沈洛年正張大嘴說不出話，卻見賴一心得意地說：「沒錯吧？這也是瑋珊告訴我的。」

媽的，葉瑋珊想到這點就不奇怪了……不過自己當眞下不了手嗎？倒也不是，上次鶴鴕族與牛首族衝突，自己夜探敵營，要不是剛好遇上酖族女巫，差點就一路殺過去，不過就在這麼一次次的機緣巧合下，直到五日前，確實未曾親手殺人。

無可否認，闇靈之力，當眞有點推波助瀾的功效，若非如此，那夜自己下手該不會這麼狠……但殺人這種事，總是會越來越習慣的，以後就未必需要靠闇靈之力推動了。

眼前這熱血笨蛋硬是要把自己當好人，倒也隨他去。沈洛年瞄了賴一心一眼說：「萬一我以後還使用那功夫呢？」

賴一心一怔，隨即臉色沉重地說：「若你又失去了常性，隨手殺人……我身為你的好朋友，不惜一死，也會盡全力阻止你，不能讓你繼續做惡，那天若不能喚醒你，我已經打算出手了。」

賴一心若當眞和自己拚命，可能比高輝還可怕……沈洛年哼了一聲說：「你最好少管我，萬一我當眞瘋了，把你宰了呢？瑋珊怎麼辦？就算我打不贏你，你當眞要把我宰了嗎？」

「我不知道，我不殺你，也不讓你殺。」賴一心堅決地說：「但我一定要阻止你，總會有辦法的。」

「好啦，別扯這件事了，那功夫若是能不用，我當然不用。」沈洛年說：「那天我打不過高輝，差點被殺，不得不用。」

「眞的嗎？」賴一心驚疑地說：「高部長居然能追上你的速度？」

「他那時戴著鏡子。」沈洛年說：「黃大哥借給巧雯姊的。」

「啊！那就有可能了。」賴一心想想又說：「但……按道理，洛年你若使用高速移位，他應該捉不到你，至少可以逃跑吧？」

「我被一大群人圍住了，而且我是去救人的，又怎能逃？」沈洛年說：「我剛好想問你，我那時變化身形速度雖然比他快，但總是打不到他，你知道怎麼回事嗎？」

「怎麼說打不到他？」賴一心起了興趣。

沈洛年把上次戰鬥的過程，稍微說了一遍，一面比劃了自己和高輝戰鬥的幾個交手經過，賴一心聽到一半就點頭說：「我明白了。」

「明白了？」沈洛年一怔說：「是怎麼回事？」

「洛年，你攻防之間，招式太少，而且沒有虛招。」賴一心說：「高部長在過去的時代，想必是個精研各種招式、武技的高手。他布下招式之後，故意顯露破綻，讓你攻擊，你只要一動，會從哪個角度、如何攻擊，他都十分清楚，就連之後可能的幾個變化都已經預知了，就算閉著眼睛也能與你過招，當然不會被虛影所惑。」

「原來如此……」沈洛年說：「所以他的武器才總是在那兒等我？」

「正是，在招數上掌握機先，這還不算特別。」賴一心說：「他最厲害的是居然能感覺到殺意，我雖然聽說過，但還辦不到呢，若你偷襲我，我可提防不了。」

「那我遇到這種人該怎麼辦？」沈洛年皺眉說：「日後道息又漲，就算沒鏡子，能砍我的人一定會變多。」

「這倒是不可不妨。」賴一心沉吟說：「洛年，我一直想和你說，你若堅持要用匕首，該用雙匕首的。」

「雙匕首？」沈洛年愕然問。

「是啊。」賴一心說：「若要和持有武器的敵人纏鬥，難免需要攻防，匕首太短，不便格擋，只能以偏鋒卸力，想一面卸力一面攻擊，就得雙手同時持有武器，這麼一來，也可以設計一些相對應的招式。」

「不行。」沈洛年搖頭說：「我不只不能格擋，也不能卸力，也不能拿兩支匕首。」

「爲什麼？」賴一心瞪大眼說。

沈洛年說：「別管我了，你們沒問題吧？高輝那老頭死之前還很得意地說，白宗的招式只能對付妖怪，和人打架用途不大。」

「他這話太偏頗了。」賴一心搖頭說：「他們追求的是『巧、繁、變』，我們追求的是『快、狠、準』，兩方若眞的對起來，一樣是功深者勝。縱然我們招式不如古傳招式精巧，但只要出手，對方就非擋不可，只要不爲敵招所惑、能攻敵之所必救，巧招自然無用，而在眾人合作的戰陣上，我們的簡單招式其實更實用。」

「原來如此。」沈洛年點頭說：「那就好。」

賴一心想了想，指著正在過招的四人說：「你有注意到嗎？只有志文的招式和大家不一樣。」

沈洛年目光轉過，看張志文在瑪蓮身邊繞來轉去，手中那把銀鍊劍彷彿活物一般地四面繞轉，方位詭異難測。沈洛年醒悟說：「那就是你說的『巧、繁、變』嗎？」

「對。」賴一心說：「志文手中的武器本就適合變化，加上他也不喜歡直來直往的單純攻擊方式，我想修煉輕訣加上千羽仙化的人，走那條路線也算適合，於是拿到武器後的這半年多，和他一起研究，創了一套變化繁複的劍法，經過這段時間測試，也慢慢定型了。」

這意思是自己以後可能也打不過張志文嗎？不過張志文畢竟不是敵人，沈洛年也不是太在意，只微微點了點頭。

「洛年，你可以跟我說得更清楚一點嗎？」賴一心突然轉頭說：「你的戰鬥方式似乎十分特殊。」

「呃？」沈洛年微微皺眉說：「不好解釋，所以我懶得說。」

「不用解釋啊。」賴一心卻沒打退堂鼓，接著說：「跟我說現象就好了，你剛說不能格擋、卸力之類的有點太籠統，我聽不明白。」

不用解釋的話倒是可以聊聊。沈洛年望著賴一心，半開玩笑地說：「這是祕密，你可不能對任何人洩露。」

賴一心一怔，似乎也頗沒把握，過了片刻才很認眞地說：「我一定盡量小心不說出去，應該……沒問題吧？」

「好吧，我想想該怎麼說……」沈洛年想了想才說：「我戰鬥時……通常會變得很輕，所以和敵人一碰就會失控往外摔，而我本身沒有炁息，無法抵擋對方的攻擊力，因此不能招架、格擋、卸力……總之就是不能和敵方有任何碰觸。」

賴一心愣了愣，突然張大嘴說：「難道你有辦法減少自己的質量？我以前就一直懷疑，但這不可能啊，太不合理了。」

這熱血傢伙在這方面還眞敏銳。沈洛年點點頭說：「差不多就是這樣，你可別問我爲什麼。」

「好，我不問……眞是太古怪了，怎會有這種事？」賴一心嘖嘖稱奇地想了片刻，才又說：「還有呢？」

這該說嗎？沈洛年遲疑了一下，想了想才終於說：「炁息、妖炁對我無用。」

「嗄？」賴一心剛剛嘴巴就沒闔攏，這下張更大了，訝異地說：「什麼意思？」

「就是字面上的意思。」沈洛年說：「無論體內、體外，炁息和我接觸的同時就會消散掉，所以我雖然沒炁息，還是能攻擊有炁息護體的妖怪，也不怕單純的炁息遙攻。」

賴一心這一瞬間，對沈洛年過去的戰鬥疑惑同時解開。他忍不住拍手大聲叫：「原來如此！原來如此！這樣就說得通了！」

這一喊，眾人目光都轉了過來，張志文等人忍不住停手躍開，轉過頭看著這面，瑪蓮詫異地問：「怎麼這麼高興？」

「沒什麼，你們繼續。」賴一心尷尬地笑說：「我和洛年談點事。」

那四人對望一眼，瑪蓮聳聳肩回過頭，白了張志文一眼說：「蚊子老是飛來飛去的好煩！換人練了。」

張志文笑說：「阿姊想和誰練？」

「小睿吧。」瑪蓮笑說：「我們姊妹來硬拚幾招，過過癮。」

「阿姊你們三個先練好不好？」吳配睿搖頭說：「我有幾招不順手，想自己練一下。」

「喔？」瑪蓮有點失望地說：「無敵大又不在……好吧，阿猴陪我練。」

「那我怎辦？」張志文苦著臉退開。

「小純不是閒著嗎。」瑪蓮說：「去練習你的身法吧。」

「也好。」張志文收了劍，轉頭對在一旁等候沈洛年的狄純說：「小純妹妹，我來抓妳！」

「又要啊？」狄純不喜歡動手，有點抗拒地嘟起小嘴。

「我們倆的身法也要多磨練啊！」張志文笑說：「沒有妳我也沒法練。」

「好吧。」狄純這才脫掉外衣，引仙振翅，開始在這房中旋繞。張志文一彈足跟著展翅飄起，兩人繞著這大廳中的各個方柱，高速盤旋，開始玩起捉迷藏般的遊戲。

另一端，賴一心正回過頭看著沈洛年說：「還有什麼特別的嗎？」

「差不多就這樣了吧。」沈洛年想了想，搖頭說：「之後就靠你教的無聲步和那幾招刺削的方式亂砍了。」

「武器呢？」賴一心說：「爲什麼不能用雙匕首？」

對了，這件事倒忘了說。沈洛年點頭說：「我現在用的武器，戰鬥時才能變輕，多拿一把別的武器，動作恐怕就快不起來了。」

「這世上沒有另外一把這種武器嗎？」賴一心詫異地說。

「我不知道。」沈洛年頓了頓說：「就算有，也很難找。」

「原來如此，我明白了。」賴一心一面思索一面說。

「你問這些幹嘛？」沈洛年問。

「我本想把志文那套劍法改一改給你用。」賴一心沉吟說：「不過你的戰鬥模式和一般人完全不同，而且只靠一支匕首實在太難，就算重創也不容易……」

「別替我費心了。」沈洛年看賴一心眉頭皺成一團，好笑地說：「這次之後，我應該就不會再來了……我一個人住高原裡，不很需要打架。」

「爲什麼？」賴一心睜大眼說：「和我們住一起啊。」

沈洛年不想解釋，他搖搖頭之後說：「對了，我倒有另外一件事情提醒你……是有關經脈的事。」

「怎麼？」賴一心有點意外地問。

「當初我記得你說過……變體者不需要利用經脈納炁，所以你建議大家用螺旋方式運行。」沈洛年頓了頓說：「但是高輝戴著洛年之鏡的時候，炁息感應和你們大不相同，很難感應出來，他運息方式也很特殊，這恐怕和經脈運行有關吧？」

賴一心臉色凝重起來，沉吟說：「我最近也有考慮過這問題。」

「哦？」沈洛年說：「怎麼說？」

「經脈，或者說氣脈，引炁與強化身體的部分確實沒用；攻擊時，使用螺旋運轉也比經脈更直接強大，不過，自從知道仙化者的修煉方式後，我發現不管是不是引仙者，仍舊需要不斷地淬鍊身體……變體者可以更容易吸收妖質，引仙者也能藉此純化身軀，若照著滿布全身的經脈運行，能更有效確實地淬鍊到全身每一個細微部分。」賴一心頓了頓說：「另外，照你說高部長的狀況，也許依經脈運行，能使炁息更有效地壓縮凝聚，甚至在體內分散，這一點我確實沒想過……沒錯，經脈穴道本就有涓流匯聚、川入湖海的特性，收納的地方增多，更不易察覺，也更容易運用。」

「所以應該照經脈運行較好？」沈洛年問。

「也許。」賴一心沉吟片刻說：「但是炁息運行之法，必須練到無意識下自然而行，不能同時修煉兩種……若放棄螺旋、選擇經脈之法，想達成波動疊加的效果，複雜度就會提高很多，輸出強度一定會降低。」

「差很多嗎？」沈洛年思索著說：「我沒有炁息，所以也不知道高輝的攻擊力多強。」

「如果能找到最適合的運行配合之法，確實有可能接近螺旋的威力。但人人體質不同，若學的心法和體質不合，威力會減損。」賴一心沉吟說。

沈洛年問：「若不管輸出問題，單純照著經脈運行，就可以加速身體變化的速度？那也會變強不是嗎？」

「從這角度來說，確實會比螺旋法好。」賴一心沉吟說：「按部就班地順經脈淬鍊全身，因爲身體調整速度更快，長久之後，最後的輸出力道確實有機會追上修煉螺旋法的人。而以後若能慢慢找出適合自己的輸出經脈系統，又會更強……不過這法門至少要花好幾年工夫才能顯出成效。」

沈洛年一笑說：「這麼說起來，螺旋法好像小說裡面的邪派速成功夫，經脈之術則是什麼玄門正宗心訣。」

「確實有點像。」賴一心笑說：「眼前有蚼龍和鑿齒的威脅，不急著改練正宗心法，等這次風波過去，我再和大家商量吧。」

「隨你啦。」沈洛年倒不是特別有興趣。

「不過若眞要走這種正宗經脈心法，有個小問題。」賴一心皺眉說：「我當初只是粗淺涉獵，沒有精研，除了最基本的奇經八脈之外，其他的周身正經、經別、絡脈等等完全不了解……總門星部該有人懂這學問，不知道問不問得到？」

「不可能願意告訴你吧？」沈洛年尷尬地說：「我差點把他們殺光了耶……能不能問別人？」

「雖說習武之人，經絡之學應該是常識，但現在習武之人畢竟不多。」賴一心扼腕說：「當初我以爲變體後就不用多花心思在經脈上，實在是大錯特錯。」

「那是習武之人的常識？」沈洛年說。

「是啊，怎麼了？」賴一心問。

既然是常識，輕疾說不定肯說？沈洛年現在不便詢問，只點點頭說：「沒什麼。」

「洛年。」賴一心說：「我短時間內沒法替你創適合的功夫，你現在若是遇到強敵，暫且記住兩個要訣，應該就不會像上次一樣了。」

「喔？你說。」沈洛年說。

「首先，你的攻擊動作至少加上一半以上的虛招。」賴一心說：「你變招挪位奇快，若是稍近即退，對方絕對抓不到你，而幾次虛招中突然冒出一招實招，那才眞的防不勝防。」

「好主意。」沈洛年點頭，自己上次就是太直接，才會老是被高輝猜中。

「第二點。」賴一心又說：「因爲你不熟招式變化，若對方精於招式，你暫時別只想著攻擊破綻或要害，那些恐怕都是布好的陷阱，若真對那兒攻擊，可能恰好讓對方反擊……可以先從削弱敵人戰力著手。」

「怎麼削弱？」沈洛年問。

「很簡單，攻擊其他不像明顯破綻的地方。」賴一心聳肩說：「手指、肩膀、耳朵、臀部都可以……稍觸則離，砍到對方心浮氣躁，甚至失血過多，就是你贏了。」

「我懂了。」沈洛年苦笑說：「不過這法子有點拖泥帶水。」

「招式的判斷沒法速成，只能靠經驗。」賴一心目光一亮說：「你日後若常來和我過招，幾個月後應該會稍有幫助……現在要試試嗎？」

幾個月才稍有幫助？沈洛年搖頭說：「算了。」

「試試吧！」賴一心有點興奮地說：「他們都不大肯和我過招。」

「和我這種人練，對你實戰沒什麼幫助。」沈洛年搖頭說：「你別理我了，沒事的話，我去找小睿聊兩句。」

賴一心雖然失望，也不好勉強，只好走向其他人。沈洛年則對著在屋中一角，自己揮舞著長柄刀的吳配睿走去。

白宗除了張志文、狄純之外，其他幾個內聚型，似乎都走快、狠、準的路線，吳配睿也一樣，只見她一次又一次地練著幾個簡單直接的動作，每一刀蘊含的勁力和速度，都可以感覺得到她的進步，看來經過這半年多的練習，她對這武器已經十分熟悉。

吳配睿揮到一半，注意到沈洛年走近，她有點意外地停手，站直了說：「洛年？」

「聊一下？」沈洛年歪歪頭，往牆角走說。

吳配睿有點意外地收了長柄刀，跟著沈洛年走到屋角，側頭微笑說：「你很少主動找我說話耶。」

沈洛年遲疑了一下才開口說：「宗儒對妳還好嗎？」

吳配睿臉微微一紅，有點意外地說：「怎麼突然這麼問？無敵大對我很好啊。」

不是這因素？看來黃宗儒沒有騙自己……沈洛年鬆了一口氣說：「沒什麼，我看妳心情似乎不大好，誤會了。」

吳配睿一愣，摸摸自己的臉，詫異地說：「你眼睛有鬼嗎？爲什麼老能看出來啊？應該沒有很明顯吧？」

「對啦，我眼睛有鬼。」沈洛年知道不是黃宗儒的問題，也就不怎麼想干涉，正想隨便說幾句話離開，突然想起一事，他一怔說：「對了，妳爸媽他們現在怎麼了？」

「那人才不是我爸！」吳配睿生氣地說。

「好啦。」沈洛年揮手說：「妳知道我在說誰。」

吳配睿嘟起嘴，頓了頓才低聲說：「他們還被關著，我是有點擔心我媽……已經關一個多月了，若一直穿著息壤衣，沒能引炁，不知道會不會傷身體。」

「還沒審判嗎？」沈洛年問。

「連法條都還沒制定，怎麼審判？」吳配睿說：「前陣子吵制度就吵了半個多月，還沒吵出結果鑿齒就來圍城。之後小純失蹤，跟著又冒出蚪龍的事……還不知道要拖多久。」

「妳知道他們關在哪兒嗎？」沈洛年說。

「子區總門部隊營地附設的暫時監管處，我去過幾次……」吳配睿有點意外地說：「爲什麼問這個？」

「反正壞事都是那男人幹的吧？我去叫他們放了妳媽，好不好？」沈洛年說。

吳配睿張大嘴說：「他們會放嗎？」

沈洛年沉吟說：「應該會吧？我去討人的話……」

吳配睿自然知道，沈洛年若眞過去要人，總門恐怕不敢攔阻。她遲疑了一下說：「洛年，你要幫我，我很高興，但……硬來的話，會不會造成宗長的困擾？」

沈洛年倒沒想這麼多，他微微一愣說：「我不知道。」

「等無敵大來，問問他好了。」吳配睿說：「洛年謝謝你。」

「沒什麼。」沈洛年說。

「欸，洛年。」吳配睿靠著牆壁，突然說：「你剛爲什麼那樣問？」

「什麼？」沈洛年一下不明白吳配睿的問題。

「爲什麼問無敵大對我好不好？」吳配睿抬起頭，看著沈洛年說：「你覺得他可能會對我不好嗎？」

沈洛年微微一怔，隨即搖頭說：「我看妳心情不好，隨便亂猜的。」

「喔。」吳配睿說：「他對我是很好，不過有時候……」

「怎麼了？」沈洛年有點擔心地問。

吳配睿想了想低聲說：「總覺得……好像少了點什麼。」

「少了點什麼？」沈洛年皺起眉頭。

「兩個人常常在一起，互相關懷，就是談戀愛嗎？」吳配睿頓了頓，有點不好意思地說：「不是應該更多一些……臉紅心跳之類的事嗎？」

沈洛年一呆，忍不住瞪眼說：「臉紅心跳個屁！妳這丫頭才十五歲，想幹嘛？」

吳配睿臉一紅，頓足說：「我不是那個意思啦！臭洛年，你自己思想不乾不淨還罵我！還有，人家再一個月就十六歲了！」

不是那種事嗎？沈洛年問：「不然是什麼意思？」

「正常女孩子，想到喜歡的人，不是應該會臉紅心跳，有點興奮又有點害臊嗎？」吳配睿嗔罵：「我是說這個。」

「喔。」沈洛年這可沒研究了，他抓抓頭說：「我也不懂，妳去問問看瑋珊吧。」

「不用啦。」吳配睿搖頭說：「反正我本就不大像女孩子，說不定和誰在一起都這樣。」

沈洛年想起當初誤打誤撞讓兩人交往的事情，還是有點不安，想了想說：「反正你們都還年輕，也許日後還會遇到別的對象……多看看吧。」

「對啊，我也這麼想。」吳配睿笑說：「不過你比無敵大還小一歲不是嗎？幹嘛一副很老經驗的模樣？你女朋友很多嗎？」

「去妳的。」沈洛年笑說：「反正沒事就好，妳繼續練吧。」

吳配睿還不想放過沈洛年，正想開口，這時厚重的木門一開，葉瑋珊、奇雅、黃宗儒先後走入，他們看到沈洛年和吳配睿聚在一角，當即帶著笑容走近，瑪蓮等人也紛紛停手，往這兒走來。

ISLAND
經脈圖解

「你們決定如何？」沈洛年望著葉瑋珊問。

「也不算是做了決定。」葉瑋珊說：「只是把幾種可能和應變方式討論一下，到時候還是要看虯龍的態度……如果沒有任何缺點的情況下，我們應該是傾向不接受。」

沈洛年雖然受輕疾的建議前來，但也不想干涉白宗的決定。他微微點了點頭，不談此事，開口說：「我剛和小睿聊了一下，聽說她媽還被關著？」

葉瑋珊一怔，有點慚愧地說：「這幾日事多，這件事情倒是拖著了……但未來法令還不明朗……」

「法令不明朗不是正好嗎？」沈洛年說：「既然還沒確定，就各管各的，他們總是白宗的人吧？先把人討來，由白宗自己處分，查清楚後給他們個交代就是了。」

「洛年說得有道理啊。」張志文笑說：「之前是不想引起衝突，但現在他們哪敢和我們衝突？剛好去討人。」

「眞的可以嗎？」吳配睿眼睛放光，有點高興地問。

葉瑋珊沉吟著還沒說話，黃宗儒卻先一步搖頭說：「最好等到虯龍之事過去。」

吳配睿一怔的同時，瑪蓮開口問：「無敵大，爲什麼？」

「我們若以力量壓迫總門從命，豈不等於促使對方遵從虯龍統治？」黃宗儒說：「就連洛年來訪的事情，這十日中最好也暫時保密，免得橫生枝節。」

這倒也是，白宗現在勢力已經隱隱超過總門，若擺出一副統治者的獨裁姿態，說不定會引人反感。吳配睿雖然有點失望，倒也明理，她點頭說：「我知道了。」

「不過這幾日我也有想過，吳伯母一直穿著息壤衣，怕會對身體不好。」黃宗儒望著葉瑋珊說：「宗長，是不是能讓我去和總門協調一下，請他們站在人道的立場上，讓吳伯伯、吳伯母能定期引炁入體？」

「這是當然。」葉瑋珊點頭說：「不過這趟小睿別去，找李大哥或阿哲陪你走一趟吧。」

「我知道。」黃宗儒回頭望著吳配睿說：「我會處理的，妳放心。」

「嗯……謝謝。」吳配睿望著黃宗儒說。

既然這樣，似乎沒自己的事了。沈洛年目光往外掃，正想找狄純算帳，沒想到葉瑋珊卻開口說：「洛年，我有事請教你，方便來一下嗎？」

沈洛年一愣說：「好。」

「你們繼續練吧，我帶洛年去他房間。」葉瑋珊對眾人一笑，轉身往外走，沈洛年只好跟著走了出去。

葉瑋珊帶著沈洛年走到二樓，這兒房間和走道不少，各出入處都有人輪值看守，見葉瑋珊與沈洛年經過，馬上恭敬地行禮，不過看著葉瑋珊的表情是尊敬，看著沈洛年的表情就大多是驚懼了。

葉瑋珊帶著沈洛年，走到西側一間小房，先讓沈洛年走入才跟著進房，正要掩上房門時，葉瑋珊突然微微遲疑了一下，忍不住偷瞄了沈洛年一眼。

「幹嘛？」沈洛年微微一怔，隨即醒悟說：「不想關就別關。」

葉瑋珊臉一紅，還是把門掩上，有點尷尬地說：「我不是這意思。」

卻是剛剛那一瞬間，葉瑋珊想起了上次兩人獨處時發生的事情，所以關門前微微有些遲疑，不過若有顧忌，剛剛就該多找一個人做陪，到這兒才故意開著門反而顯得刻意，所以那一瞬間才稍有遲疑，卻沒想到被沈洛年一眼瞧破。

沈洛年見葉瑋珊有點難堪，不好多說，目光轉開，掃過這小小的房間，卻見裡面空蕩蕩的什麼都沒有。朝西一扇百葉木窗，可以看到有一小隊引仙部隊正在操演，他不想讓氣氛僵下去，隨口說：「引仙部隊都不用武器的？」

葉瑋珊回過神，走近說：「煉鱗和獵行，手部的炁息聚集度都特別強，可以代替武器……不過一心說要是有武器還是用武器比較好……只是我們現在的武器很少，只好讓大家先練習空手的戰技。」

「總門似乎不怎麼缺武器？」沈洛年回頭說。

「因爲小純的預言，當初他們早有準備。」葉瑋珊說：「不過他們也沒想到，現在人類防守主要還是靠槍彈，這方面他們就沒準備這麼多了。」

「若彈藥不夠，以後要怎麼守下去？」沈洛年問。

「鑿齒圍城前，總門已經派了好幾組隊伍出海到東方大陸沿岸搜索。」葉瑋珊說：「有的負責搜索槍砲彈藥，有的尋找礦脈、硫磺、硝石等物品……再靠著千羽部隊來回運送，回到歲安城地底工廠加工生產，暫時應該不缺。」

「東方大陸啊……」沈洛年頓了頓說：「沿海嗎？」

「一開始當然應該是沿海爲主吧。」葉瑋珊說：「怎麼了？」

「沿海應該還好。」沈洛年頓了頓說：「往內陸走個兩百公里，就有很討厭人類的狼人，碰到了恐怕很危險。」

「狼人？」葉瑋珊有點詫異。

「嗯，又叫犬戎族或犬族。」沈洛年說：「我在那兒遇到了一批人……啊，他們有沒有來找妳？」

「我就是想問你這件事。」葉瑋珊說：「前兩天，有位自稱文森特的老先生帶著個小男孩來拜訪，門口那兒把他擋住了，他留了一封信，信裡面提到說是你介紹來的。我剛剛和你通訊時本想問，卻聽到李大哥帶著人去找共聯鬧事，只好先趕去阻止。」

「他們前天才來找妳？」沈洛年有點意外地說：「他們應該來了好幾個星期吧？」

「嗯，我有派人調查，他們到歲安城將近二十天，入城後在西方人最多的寅字區落腳，首先碰到他們那群人的，就是加入千羽部隊的羅紅和昌珠。」葉瑋珊說：「所以你眞的在東方大陸救了他們，還把他們送來噩盡島？我還以爲有詐呢……」

「怎麼說有詐？」沈洛年問。

「那位文森特老先生是白人吧？那封中文信寫得未免太好了，不只措辭文雅，還引經據典，一點都不像外國人寫的。」葉瑋珊說：「我還以爲他們是總門派來的，想假借你的名義混進來，不然就是想試探你在不在歲安城內。」

因爲中文太好嗎？沈洛年忍不住笑了出來，文森特若知道因此受到懷疑，一定也是啼笑皆非吧？沈洛年心念一轉，笑說：「對了，他們是魔法師喔。」

葉瑋珊還以爲自己聽錯了，一愣說：「魔什麼師？」

「魔法師。」沈洛年忍笑又說了一次。

葉瑋珊這可真聽清了。她白了沈洛年一眼說：「你又騙我！」

沈洛年笑說：「真的啦。」

「胡說。」葉瑋珊噘嘴說：「這世界哪有魔法師？」

「真的。」沈洛年說：「妳叫他來表演就知道了，如果只是一群普通老外，我幹嘛要他們來找妳？」

這話有理，葉瑋珊微微一怔，詫異地說：「真的？魔法是怎麼回事？就像……電影中的魔法嗎？」

沈洛年說：「也是種炁的運用，不過是用咒語和仙界精靈締約交換而來。」

「咒語？精靈？」葉瑋珊說：「和玄靈咒術類似嗎？玄靈之力雖然也是以炁交換，但換得的力量卻和炁無關……炎靈是換得熱量，凍靈則是吸收熱量，之後再藉自己炁息控制，咒語只是不同的表現方式。」

「我不大清楚。」沈洛年對炎靈、凍靈不大了解，更不清楚相異之處，想了想說：「對了，還有靈活度也不同，魔法力很像活生生的力量，不過這種力量似乎不能累積，不像玄靈咒術可以在玄界儲存……我看妳直接找文森特問吧，那個老人家精通多國語言，而且似乎懂很多東西，除了魔法之外，說不定可以幫到妳其他的忙。」

「若可以信任的話，越多人幫忙當然越好……」葉瑋珊點頭說：「趁著你在，我這就叫人請他們過來。」

葉瑋珊說完這話，打開門，卻見狄純正站在門外不遠處，靠著牆等候著。葉瑋珊微微一怔說：「小純，有事嗎？」

「我只是想等洛年。」狄純頓了頓又說：「我不急，宗長你們慢慢談。」

「妳進來吧。」葉瑋珊微笑說：「妳陪一下洛年，我去交代一點事情。」

「好！」狄純一喜，快步奔進房中。

沈洛年瞄了狄純一眼，見她開心地望著自己，剛剛想好的罵人言語，一時倒也說不出口。沈洛年嘆口氣說：「幹嘛這麼高興？」

狄純甜甜地笑說：「洛年願意到這兒來住，我當然高興。」

「多個人罵妳有什麼好高興的？」沈洛年哼哼說：「我也沒打算久住。」

狄純一怔，笑容收了起來，詫異地說：「你以後又要走嗎？」

「當然。」沈洛年頓了頓說：「這次之後，應該不會再來了。」

狄純吃了一驚說：「爲什麼？」

不妙，這話若傳了出去，想必會有更多人來囉唆。沈洛年一面暗罵自己多嘴，一面搖頭說：「別緊張，我只是開玩笑。」

「真的嗎？」狄純上下看著沈洛年，還是一臉擔心。

「別囉唆了。」沈洛年推開狄純湊近的小腦袋，轉頭望向窗外，沉吟片刻才說：「妳和大家處得好嗎？」

狄純一怔，低聲說：「大家都對我很好，可是……」

「可是怎麼？」沈洛年轉回頭。

「沒什麼。」狄純望著沈洛年說：「洛年，他們都說，現在沒有人敢找你麻煩了……你離開的時候，可以帶我走嗎？」

沈洛年皺眉說：「我一個人住山裡，妳跟著我幹嘛？」

「我不會惹你生氣的。」狄純忙說。

「不是這問題。」沈洛年說：「我這種怪人才能離開人群一個人住，妳不適合。」

「有你陪我啊。」狄純囁嚅說。

「我才不陪妳！」沈洛年瞪眼說。

狄純癟著嘴低下頭，看樣子眼睛又紅了起來。沈洛年見狀，口氣放緩說：「既然大家都對妳很好，爲什麼還要跟我走？」

「我……我想跟著你。」狄純低下頭說：「我還沒報答你。」

沈洛年哼了一聲說：「別的沒學會，倒先學會說謊，我離開前怎麼交代妳的？」

狄純一怔，紅唇輕顫，卻又說不出話，眼淚倒已經先流了出來。

其實狄純不說，沈洛年也心裡有數。狄純對賴一心的傾慕似已越陷越深，她個性膽怯善良，也不可能介入葉、賴之間，爭取自己的幸福；而白宗大多都是二十上下的年輕人，唯一一個和狄純年紀較近的吳配睿，個性直率認真，和狄純的溫婉個性似乎也不怎麼相投，她這份心事，恐怕也沒人可說，讓她一直待在這兒，看著葉瑋珊和賴一心兩情相悅，說不定真會悶出毛病來。

如果讓她離開這兒幾年，對她會比較好嗎？沈洛年看著正低頭拭淚的狄純，嘆了一口氣，摸摸她的頭說：「眞想離開這兒，我就帶妳走吧。」

狄純一怔，抬起頭看著沈洛年說：「眞的？」

「就當多了個小丫鬟。」沈洛年哼聲說：「以後做飯洗衣這些雜事就交給妳了。」

狄純一喜，露出笑容說：「我會好好做的。」

「反正懷眞還要幾年才會出關，到時候再送妳回來也無妨。」沈洛年瞄了狄純一眼說：

「到那時，能把該忘的人忘掉嗎？」

狄純紅著臉，咬著唇，說是也不對，說不是也不對。過了好片刻，狄純才低聲說：「洛年，你怎麼辦到的？」

「什麼怎麼辦到的？」沈洛年莫名其妙地問。

狄純看了沈洛年一眼，又低下頭說：「你……怎麼忘記宗長姊姊的？」

沈洛年一怔，一時倒不知該怎麼回答，這時硬要說自己沒喜歡過葉瑋珊，也太矯情了，只不知道狄純從哪兒聽來的？兩人相對沉默了片刻，沈洛年才說：「我並沒有刻意想忘了她。」

狄純抬起頭，看著沈洛年說：「那……」

「也許是……隨著時間過去，自然就慢慢地淡了。」沈洛年說。

「那懷眞姊呢？」狄純又問：「還要幾年時間，你不怕以後對她的感情也會淡下去嗎？」

「我不知道。」沈洛年皺起眉頭說：「媽的，當眞淡了我也沒辦法。」

狄純輕側著頭，彷彿自語一般地說：「我也能辦到嗎？」

沈洛年哼了一聲說：「妳這麼愛鑽牛角尖，說不定帶妳走也沒用。」

「不會的。」狄純低聲說。

「走著瞧吧。」沈洛年說。

「我還沒見過懷眞姊呢。」狄純心念一轉，露出笑容說：「大家都說她很漂亮，至少要讓我見過她之後，你們才可以分手喔。」

「去你的。」沈洛年揉了揉狄純腦門，好笑地說：「分不分手可以這樣決定的嗎？」

這時門戶那端響起兩聲敲門輕響，葉瑋珊打開門，站在門口微笑說：「我派去請文森特先生的人回來了，他們說馬上就過來拜訪……洛年，他們抵達的時候，你也一起來碰個面吧？」

「好啊。」沈洛年說到一半，微微一驚說：「啊！不好。」

「怎麼了？」葉瑋珊意外地問。

「不好、不好。」沈洛年搖頭說：「我偷看一下，確定是他們就好了，不和他們碰面。」

「為什麼？洛年你做了什麼壞事嗎？」這下連狄純都有點好奇。

「別瞎猜。」萬一瓊老太婆突然考自己「守護陣」的咒語，可無法交代，自己早忘光了。沈洛年搖搖頭，心念一轉說：「有個叫杜勒斯的小魔法師，只有十一、二歲左右，倒是可以和小純交個朋友，你們年紀差不多。」

狄純嘟起嘴說：「要我去幫忙照顧一下小孩可以啊，但是我才沒這麼小呢。」

「人家年紀雖小，個性可成熟呢。」沈洛年哼哼說：「說不定比妳還懂事。」

狄純正想抗議，葉瑋珊已經點頭笑說：「那小純就一起來吧，我一個人去也不大好。」

「好啊……對了，魔法師是什麼意思？」狄純問。

沈洛年沒耐心地說：「妳去問瑋珊吧，我懶得重新解釋……對了瑋珊，城內有紙筆嗎？」

葉瑋珊微微一怔說：「有，要做什麼？」

「還不知道有沒有用。」沈洛年搖搖頭說：「晚點拿些給我。」

「好。」葉瑋珊目光往走道一望說：「他們送家具來了，我們出來一下吧。」

沈洛年與狄純往外走，果然看到幾個壯漢正搬運著床鋪、桌椅等物，從樓梯口走上，三人讓開通道，葉瑋珊一面微笑說：「現在困守城中，木料來源只剩下妖藤，那不是什麼耐久的材料，所以我們並沒有把各空房的家具補齊。」

「無所謂，我荒郊野外也都倒下就睡，沒這麼挑剔。」沈洛年頓了頓說：「妳不提圍城，我還差點忘了……你們就這麼把鑿齒放在外面不管嗎？」

葉瑋珊笑容收了起來，輕嘆說：「鑿齒來了十幾萬，出城清剿實在沒把握，還好暫時食水不缺，最好是他們自動退兵。」

「萬一他們當真在等道息大漲的日子呢？」沈洛年說。

「至少要等到虯龍的事情過去，以避免兩面受敵的處境。」葉瑋珊擔心地說：「現在只希望短期內道息別漲，十日後虯龍若順利放棄統治人類，鑿齒卻還不離開，就得考慮主動出城戰鬥……不過現在總門管理系統大亂，別說出城作戰了，就算單純守城，恐怕也會出問題……」

沈洛年看著葉瑋珊顰眉思索的模樣，忍不住說道：「若讓蛟龍統治，鑿齒應該會主動退兵吧？」

「也許吧。」葉瑋珊目光左右掃過，見除了狄純之外周圍無人，這才低聲說：「洛年，我明白你的想法，其實我個人雖不贊同，卻也不像李大哥一樣完全排斥。」

沈洛年聽到這話，倒有三分意外，詫異地說：「但妳剛剛……」

葉瑋珊搖了搖頭說：「我反對的最主要原因是——人民不可能接受異族統治的，尤其是龍族。嚴先生他們已經開始在各地做民調了，但經過那次騰蛇攻擊，對龍族反感的人實在太多，不用民調也知道結果。」

果然是因爲自己把騰蛇惹來，所以才誤了大事？沈洛年大皺眉頭，一面說：「幹嘛管民調？該怎麼做就怎麼做。」

「怎能如此？」葉瑋珊皺眉說：「這不成獨裁者、暴君了嗎？……何況現在歲安城的統治者也不是我們。」

沈洛年對政治一竅不通，自然也不知該怎麼說才好，呆了片刻才憤憤地說：「媽的，我不會說啦！總之我覺得現在還管什麼民調很可笑，若是妳自己覺得虯龍不好就算了，居然想靠民調決定？實在是……」

狄純看沈洛年越說越氣，擔心地走近，拉了拉沈洛年的手，輕聲說：「別生氣啊，不要罵宗長姊姊。」

沈洛年正火大，回頭瞪眼說：「我哪有罵她？」

狄純被颳到颱風尾，當下縮起頭、吐吐舌頭說：「好凶。」

「小純妳別擔心。」葉瑋珊反倒輕笑說：「洛年說話本來就這樣，我不會在意的。」

沈洛年也不是眞想罵人，搖頭說：「算了，我不管，你們愛做民調就去做吧。」

「沒想到你和一心還是有類似的地方。」葉瑋珊抿嘴一笑說：「他也要我別管民調。」

「啊？」沈洛年倒有點意外。

「不過他和你說法不同。」葉瑋珊說：「一心覺得，如果當眞認爲正確，就不要在乎所謂的輿論，他認爲只要全力對人民解釋，對方終究會理解。」

沈洛年可不怎麼想和賴一心「類似」，他哼聲說：「我才懶得解釋。」

葉瑋珊想了想又說：「確實，就算我們將普通人當成奴隸、下等人，給予不公平的待遇，以現在的戰力差異，他們也沒能耐揭竿而起，反抗變體者……但這種施政模式，絕不可能是民主選舉制度，只有獨裁政權才有可能。」

「那就獨裁啊。」沈洛年無所謂地說。

「你也覺得民主不值得保留嗎？」葉瑋珊苦笑說：「我卻覺得，民主制度對人類來說，畢竟是利多於弊啊。」

沈洛年正想開口，葉瑋珊目光一轉說：「等等，房間已經弄好了，進去再談。」

三人走入屋中，卻見床褥、桌椅、衣櫃分佔了三面，葉瑋珊關上門，這才回頭笑說：「好了！我畢竟是白宗宗長，外面人來人往，被人看到我挨罵總不大好，房間裡面就沒關係了，請繼續。」

沈洛年卻已經沒勁了，他搖頭坐在床旁說：「誰要罵妳？不聊這個……說說你們以後的計畫吧？」

「現在當然就是抵禦敵人啊。」葉瑋珊拉開椅子坐下，一面說：「若能打退鑿齒，這兒的人們都安全了……我們可能還會去其他大陸找生還者吧。」

「還去啊？」沈洛年搖頭說：「上次才差點被活埋。」

「那是剛好大地震。」葉瑋珊說：「不會又這麼倒楣吧？」

「這倒也是……」沈洛年想了想說：「我之前也曾到處逛了逛，反正閒著，把我知道的各地狀況跟妳說說吧。」

三人就這麼又聊了一段時間，沈洛年把西歐的一些狀態，以及上次逛去美洲的經歷簡略說了一次，最主要就是告訴葉瑋珊犬戎族與麟犽族的棲息地，那種地方若不慎闖入，想逃生可不容易。

不久之後，門外傳來訊息，文森特等人來訪，沈洛年在葉瑋珊安排下，遠遠確定了對方的身分，之後則讓葉瑋珊與狄純前去接待，自己一個人回房休息。

回到房中，沈洛年關上房門，嘆了一口氣說：「怎辦？他們不想讓虯龍族統治。」

輕疾開口說：「你願意的話，可以試著強迫他們答應。」

「什麼？」沈洛年吃驚地說。

「至於怎麼做，我就不便多言。」輕疾說：「但你應該也不難想到。」

只剩下十天，當然不可能搞什麼宣傳、溝通、安撫民心的把戲，若硬要所有人答應，意思就是硬來嗎？不肯服從的就宰了？

其他人也就罷了，自己怎麼可能對白宗硬來？自己想讓虯龍保護人類，目的就是避免白宗眾人陷入戰亂，若因此和白宗起衝突，還不如直接離開。

現在……只好在能幫忙的地方出點力。沈洛年說：「我問個問題，經脈之學，應該算是常識吧？」

「全身各處經脈穴位算是常識。」輕疾說：「但各門派古傳的特殊運功法門，就是非法問題了。」

「特殊的就讓一心自己慢慢研究，我把常識部分整理給他好了。」沈洛年說：「等瑋珊給我紙筆之後，我寫給他。」

「好。」輕疾說：「但用口述不容易，我直接標示給你看。」

「咦？」沈洛年說：「口述不容易的話，我怎麼告訴一心？」

「你可以畫圖。」輕疾說。

「喔。」沈洛年點頭說：「你要怎麼標給我看？」

「等等。」輕疾從沈洛年耳中蹦出落地，化入那片息壤磚中，倏然地面浮起一團土，輕疾化爲一個手臂長的裸體男子人形，身上到處都是小突起，一條條線路在突起間彼此連貫成型，正是全身的經脈穴位圖。

「這麼複雜啊？」沈洛年詫異地說。

「先從最基本的開始。」輕疾一面說話，身上跟著改變，許多的線路和突起一個個消失，只剩一條穴脈路線仍舊顯現，他這才說：「我們從督脈開始……我先提醒你，並不是每個經脈穴位都在皮膚表面，我一個個解釋，你仔細聽。」

「等一下，我還沒拿到紙筆呢。」沈洛年叫。

「你一面聽，一面運行體內道息，順脈巡行，經過穴位的時候，感應也會不同。」輕疾說：「這樣自然就會記住，取得紙筆之後，再寫出來即可。」

沈洛年微微一愣說：「我也順便學嗎？」

「總沒壞處吧？」輕疾說：「如果賴一心說得沒錯，以經脈之法運行確實能使身體變化速度提升，對你可能也有幫助。」

「有什麼幫助？」沈洛年說：「道息又不能攻擊人，我身上凝聚一堆也不知有沒有用。」

「雖然不知道鳳凰有什麼能力，但你身體仙化程度增高，總有好處。」輕疾說：「比如……現在你就算收斂著道息，身體仍可以依心念變輕到一個程度，這不也是鳳靈仙化的關係嗎？」

「有道理。」沈洛年想想又皺眉說：「可是我剛看你身上……穴脈好像有一大堆，記這東西會不會很難？」

「要死背確實不容易，但讓身體記憶，比讓頭腦記憶容易。」輕疾說：「要不要試試？沒興趣的話，就等紙筆吧。」

沈洛年沉吟片刻之後，終於說：「先試試，要是太難再說。」

「那麼我開始說明。」輕疾轉過身，比著自己身上說：「督脈起於小腹下方恥骨中央，共二十八穴，始於尾閭骨端之長強穴，之後經腰俞、陽關入命門，上行懸樞、脊中……」

當下沈洛年一面細聽，一面照著輕疾的指示運行道息，在體內順經脈而行。

□

沈洛年本來以為，學習這些經脈穴位的知識，頂多花一晚上的時間，沒想到這事情可不簡單，一忙就忙了好幾天。

畢竟人體的穴脈，可不只小說裡面常提到的奇經八脈而已，全身還有許許多多繞行各處的表裡經絡。只不過一般經絡好比川渠江河，奇經八脈則如湖海大澤，是讓炁息能集中匯聚，並藉此運轉使用的地方，若要養炁修煉，確實是以此為始，但想通透全身經脈，這八脈可遠遠不足。

據輕疾所說，經脈之學鑽研的道理有三，首先是藉著不同的運行方式，凝練、匯聚、強化體內炁息。這部分道武門藉著以道入武的方式，模仿了妖族的引炁之法，炁息強度決定於軀體能承受的量，已經不用多費心思。

第二點，就是沈洛年現在注重的部分，也就是藉著經脈運轉著炁息，以達到強化或改變軀體的目的。沈洛年只不過把於體內運轉的炁息改成道息，而對賴一心這種變體者來說，目的是使身體更純化，以便吸收更多妖質，也就是賴一心想了解經脈之學的原因。

第三點，就是藉著適當、獨特的經脈路線外放，以產生強大的攻擊力。這部分各家各派自有不傳之祕，輕疾也不多提，不過對沈洛年來說，反正道息不具有攻擊能力，就算學會也毫無用處，自然也沒什麼興趣。

沈洛年一開始，其實也是興趣缺缺，但隨著他將濃密的道息在各經脈運行後，不到兩日，體內馬上產生了明顯的變化，凡是經脈運行之處，都有明顯的舒適和增強的感覺，這驅使著他繼續學習更多的穴脈路線，直到全身都達到這種效果爲止。

而且正如輕疾所言，身體記憶果然比頭腦記憶容易不少，幾個巡行之後，想忘記都很不容易，畢竟那本來就是體內炁脈流動的道路，只不過過去十分不明顯，走通了之後，只要順流而行，很容易就可以照著運行。

這幾天，沈洛年專心研究著經脈，一面把各經脈路線繪製成圖，並在旁以文字註解，其中文字的部分，自然是出自輕疾之口，省去沈洛年找適當詞彙形容的辛苦。

也因爲他忙著這些事，若有人前來敘話，他大都只應付兩句就趕跑對方，就這麼一個人躲在房中；而在虯龍之事處理妥當之前，葉瑋珊並不希望沈洛年太頻繁出現在他人面前，也囑咐眾人少去打擾，所以後兩日，除狄純定時送來飲食之外，漸漸少人前來。

就這麼過了五日，沈洛年終於把人體的經脈穴位繪製完畢，體內累積凝聚的道息，也隨著學習的過程，順各經脈暢流、浸透全身各處。雖然說因爲時間還短，沒法感覺到什麼明顯的變化，但從身體那種舒適的感覺來說，應該不會有什麼壞處。

終於完成最後一章經脈圖解的沈洛年，拿著好幾十頁的手抄紙張，用手拍了拍，對站在桌面的小人形輕疾說：「差點把我累死，未免太多經脈了吧？這百多條經脈皮絡，怎能同時運行？每個學武的人都要學這麼多嗎？」

「一般戰鬥用的炁脈運行法門，不會用到所有經脈，不過你們現在的目的是鍛鍊改造全身，越清楚越好。」輕疾依然是那副裸男的模樣，他仰頭對沈洛年說：「這些經絡數量雖多，但走熟後的經脈，不用花心思就可自動運行，你只要一步步慢慢增加即可。」

「是嗎？」沈洛年有點懷疑地說：「雖說只要送道息過去就會自己順經脈運行，但要是不理會，繞個一、兩圈之後，道息又會順流返回奇經八脈，最後納回丹田。」

「這是當然。」輕疾說：「你這幾天一直試行新的經脈，並沒有哪條經脈長久運行，所以都還沒習慣。」

「我有個辦法！」沈洛年突然目光一亮說：「如果開啓時間能力，我就可以快速地一條條送出道息，控制方位，也許第一條還沒停下，已經送到最後一條……這樣就可以同時讓所有經脈都在運轉！」

「這樣有什麼好處嗎？」輕疾問。

沈洛年微微一愣說：「你不是說這是經脈運行的第一階段目標嗎？」

「對。但你運行的畢竟是道息，不是眞的炁息，攻防上並沒有實際作用，其實不急於一時。」輕疾頓了頓說：「但如果你想藉此法順便練練精智力，倒也無妨。」

沈洛年正想說話，輕疾突然無預警地分成兩截，其中一小點跳上沈洛年肩頭，鑽入他耳中，另外一截則蹦到地面，化回息壤磚土。沈洛年微微一愣，低聲說：「又是誰來找我？」

「此爲非法問題。」輕疾說。

沈洛年也只是順口問一句，他注意力往外一轉，已經感覺到葉瑋珊正走近門口。

這兒是息壤磚蓋成的房子，多數人的炁息都已散去，難以分辨，但身懷洛年之鏡的幾個人，倒是都很容易察覺，葉瑋珊這時候來得正好，沈洛年整了整手中那疊紙，準備讓她交給賴一心。

「洛年？」葉瑋珊走到門口，敲了敲門說：「有空嗎？」

「請進。」沈洛年拿著那疊紙站起說。

葉瑋珊推開房門走入，瞄了桌面一眼說：「還在忙嗎？」

「忙完了。」沈洛年讓開桌邊說：「椅子妳坐吧。」

「不坐沒關係。」葉瑋珊好奇地看著沈洛年手中的紙張說：「你這幾天在忙什麼？」

「這該叫……『經脈圖解』？」沈洛年聳聳肩，伸手說：「一心需要的，妳拿給他吧。」

「什麼？」葉瑋珊一驚，接過翻了翻，看著一幅幅繪著經脈穴位的人形圖與密密麻麻的解說，臉上更顯驚訝，難以置信地說：「原來你這幾天就在忙這個？」

「嗯。」沈洛年說：「這只是基礎，學會對提升仙化程度有幫助，但戰鬥的運用法門，得靠他自己研究。」

「一心一直想去找總門學這門功夫，我明知對方不會教他，所以一直攔著。」葉瑋珊看著沈洛年說：「你怎麼會這門功夫的？」

「算命算出來的。」沈洛年翻白眼說。

葉瑋珊聽到這答案，眞有點哭笑不得，她緊抓著那疊紙，望著沈洛年說：「這也能算？你什麼都能算嗎？」

「當然不是。」沈洛年說：「我就算不出妳會先嫁人還是先大肚子。」

葉瑋珊臉一紅，輕頓足說：「洛年！胡說什麼。」

「不是開玩笑。」沈洛年望著窗外說：「若我眞能算出你們的未來，那就好了。」

葉瑋珊低下頭，望著手中的那疊「經脈圖解」，低聲說：「我眞不知該怎麼謝你。」

沈洛年橫了葉瑋珊一眼說：「答應讓虯龍統治？」

葉瑋珊一怔，爲難地說：「我……」

「我隨便說說的啦。」沈洛年揮手說：「別理我。」

「我知道，你自己根本不在乎誰統治人類，只是爲了我們……」葉瑋珊凝視著沈洛年，低聲說：「我很感激，只是我沒辦法……」

「好了，別提那事了。」沈洛年避開葉瑋珊目光，轉身走到床沿坐下說：「妳來找我，應該有事吧？」

「對了。」葉瑋珊穩了穩情緒，這才說：「這幾天和各界開了好幾次會，共聯的立場當然不用多說，總門和我方，則一直保留著最後的決定，還沒表態。」

「幹嘛保留？」沈洛年有點意外地說：「白宗不是反對嗎？」

「我們確實傾向反對，但若虯龍硬來，人類打得過嗎？」葉瑋珊顰眉說。

「打不過。」沈洛年馬上搖頭。

「我也這麼想。」葉瑋珊說：「息壤土磚應付一般的妖怪還勉強，應付會飛的妖怪就吃力了，再加上千羽部隊沒法出城補給，這城更難守……就是因爲這樣，白宗才沒法宣告拒絕啊；我們當然期待虯龍給我們選擇的機會，但若現在就把話說死、煽動民眾抗爭，萬一虯龍硬來，到時如何收場？現在總門和我們，都正在匯聚各民間領袖的意見，希望到時候能藉此對虯龍作訴求。」

「民間領袖？」沈洛年可聽不懂了，皺眉說：「問他們幹嘛？」

葉瑋珊一怔說：「這些人的意見，代表這幾十萬的民意啊，怎能不理會？」

「現在主要問題不在於人民的想法，而是虯龍的想法吧？」沈洛年抓頭說：「我實在搞不懂你們，虯龍會管所謂的民意嗎？」

葉瑋珊微微一怔，沉吟說：「你說得沒錯，妖族的想法和人類未必相同；我們用人類的立場來思考，根本上就錯了……也許該照你的想法。」

「喔？」沈洛年想想突然覺得不對，瞪眼說：「什麼意思？我比較像妖怪嗎？」

葉瑋珊噗嗤一聲笑了出來，合掌躬身說：「抱歉啦，但你的想法確實很特殊啊……洛年，如果你是虯龍，你會怎麼想？」

「如果我是虯龍，才不會這麼客氣，還給你們十天考慮！」沈洛年搖頭說：「我當場就要人類投降，你們若拒絕，我就隨便選一區的人殺光，然後再問一次。」

葉瑋珊張大嘴說：「這樣做的話，就算人類打不過他們，也會心懷怨恨啊。」

「有什麼好怕的？」沈洛年說：「虯龍對人類來說幾乎是絕對的強大，也不怕你們造反，他們壽命又長，統治個百多年之後，記恨的人類也差不多都死光了，到時後代還不是乖乖喊吾皇萬歲萬萬歲？」

ISLAND
殺人償命

葉瑋珊雖然覺得不對，卻也不知該如何反駁，忍不住笑罵：「你這人比妖怪還壞！」

「沒錯！」沈洛年哼聲說：「所以別問我。」

葉瑋珊想了想，收起笑容，輕嘆了一口氣說：「若蚪龍當眞如此，也眞沒辦法了……我會來找你，是因爲不久前呂緣海親自來找我，覺得共生聯盟這幾天的行爲有點古怪，我聽了也覺得頗有道理……我想你對蚪龍族比較了解，說不定會知道原因。」

「怎麼古怪法？」沈洛年問。

「我們和總門一直沒表態，按道理來說，共生聯盟應該很焦急地想辦法說服我們才對。」葉瑋珊說：「但他們除了一開始幾次盡義務般地說明之後，就很少再找我們兩方多說什麼了。」

「喔？」沈洛年說：「那麼他們都在做什麼？」

「共生聯盟那幾百人，這幾天總是在各處說服人民，把認同他們理念的人聚集在『丑字區』的空地，還蓋起了簡陋的藤板涼棚讓他們居住。」葉瑋珊接著說：「雖然他們只說動了兩、三千人，但卻似乎很有信心，一定能讓蚪龍統治人類。」

「這不是很明顯嗎？」沈洛年倒有三分高興地說：「代表蚪龍會硬來啊，所以他們根本不用徵求你們同意，我看你們乾脆點投降吧？」

「如果眞是這樣，那天虯龍來此就可以直接要我們投降了啊，何必多等這十天？」葉瑋珊疑惑地說：「而且共聯又何必急著在這幾日把相信的人們聚集在一起，彷彿想建立起丑字區自治組織一般？」

這倒也是，沈洛年微微一愣，抓頭說：「妳本來就比我聰明，還問我幹嘛？」

「你會算命啊。」葉瑋珊說。

「好吧，我算算看。」沈洛年低聲自語片刻，最後還是對一臉期待的葉瑋珊搖搖頭說：「算不出來。」

「不行嗎？」葉瑋珊低聲說。

看著葉瑋珊失望的表情，沈洛年有點氣悶地說：「我只能算知識性的事情啦，別人的祕密不行。」

葉瑋珊當然不會責怪沈洛年，她只能苦笑說：「這麼說起來，你比較像圖書館，不像算命。」

「這樣說也對。」沈洛年無奈地說。

「既然這樣，也沒辦法了……」葉瑋珊沉吟說：「不知道張盟主爲什麼這麼有把握？這實在讓人擔心……洛年，五日後虯龍再訪歲安城，那時你願不願意列席？」

沈洛年意外地說：「妳不是說我不適合讓別人看到嗎？」

「不讓外人見到你，主要是怕因你之故，讓人想起總門沒有眞正統治的能力，最後產生向虯龍歸順的輿論。」葉瑋珊說：「但到了當天，大家心中應該都有定論了，不該會因爲你而影響……而且對於總門的首腦人物來說，無論有沒有看到你，都會把這事考慮進去，除非你又突然發橫動手。」

「沒人惹我的話，我幹嘛動手？」沈洛年說：「妳覺得我不會壞事的話，我就去吧。」

葉瑋珊正要點頭，突然又一正臉色說：「虯龍似乎頗有點高傲，若到時說話難聽，你可得忍忍，別和虯龍起衝突。」

「和虯龍起衝突？」沈洛年想起上次被小騰蛇追殺，差點就逃不脫，那還只是蛟龍的旁枝後代小鬼，自己都打不過了，何況是正牌成年龍族？他嘖嘖兩聲，搖頭說：「我才不敢得罪他們。」

「那就好……我到時候再通知你出席。」葉瑋珊說到這兒，目光轉向手中那疊紙，露出喜悅的笑容說：「我先把這經脈圖拿去給一心，他一定很高興。」

「快去、快去，沒事少來找我。」沈洛年說。

沈洛年口氣雖差，葉瑋珊卻不以爲忤，只含笑白了沈洛年一眼。她正想轉身離開，突然又回頭說：「洛年，你既然已經忙完了……你願意讓文森特他們那些人來見你嗎？他們一直想拜訪你。」

差點忘了這件事，沈洛年目光一轉，吐舌頭說：「除了瓊以外都可以。」

「那位老太太嗎？」葉瑋珊疑惑地說：「她似乎很關心你啊。」

「我就是怕她關心！」沈洛年搖搖頭，跟著說：「妳見識過魔法嗎？」

「嗯，他們有稍微展示。」葉瑋珊點頭說：「確實讓人很意外，那力量彷彿活物一般，還可以遠距施用，難怪被稱爲魔法，不過這兩天很忙，沒有時間多了解。」

「他們既然來找妳，應該是想引仙或變體吧？」沈洛年說：「妳要幫他們嗎？」

「他們想爲白宗效命，以換取煉鱗引仙的恢復力……只是最近事情多，我就先擱著，還沒做決定。」葉瑋珊頓了頓說：「不過引仙還是有條件限制的。文森特、瓊、沃克都年紀太大，怕身體受不了這種變化，杜勒斯則太小了點，現階段只有基蒂比較適合。」

「啊？」沈洛年說：「那他們一定很失望。」

「是啊，不過我告訴他們這事之後，他們仍願意暫時留在白宗，我就安排了地方讓他們居住……」葉瑋珊說到這兒，突然露出笑容說：「對了洛年，那個北京小男孩杜勒斯，看來很喜歡小純喔，只要有空就跑去找小純，又總是漲紅臉說不出話來，好可愛。」

沈洛年瞪大眼睛說：「媽啦，他才幾歲啊？不會吧？」

「十二歲也不小了啊，你那種歲數的時候還不會喜歡女生嗎？」葉瑋珊抿嘴笑說。

沈洛年一窒，頓了頓才說：「呿！那個年紀所謂的喜歡又不持久，過沒幾天就忘了。」

葉瑋珊瞄了沈洛年一眼，隨即將目光轉開，輕聲說：「到哪個年紀的喜歡才會持久呢？」

「呃？」這話怎麼有點埋怨的味道？媽的！這女人到底想怎樣？又不給吃、又不准忘？

葉瑋珊沉默了片刻，轉回頭一笑說：「怎麼？你不准小純交男朋友嗎？」

似乎沒有冒出奇怪的氣息？自己誤會了嗎？沈洛年多看了葉瑋珊兩眼，這才說：「幹嘛不准？兩個都只是小鬼，還不就是胡鬧而已？」

「是啊。」葉瑋珊輕笑著說：「不過，看他們兩小無猜，那有點青澀的感覺，眞的很好玩呢。」

他們倆眞的處得很好嗎？沈洛年有點意外地說：「小純……有那個意思嗎？」

「小純比較像小姊姊一樣，不過也許因爲年紀相近，眞的挺投緣。」葉瑋珊微笑說：「他們兩個都很漂亮，好像一對金童玉女，這樣一起長大，說不定眞能發展感情。」

如果狄純能因杜勒斯而改變對賴一心的注意力，自己走的時候就不用帶走她了。沈洛年沉吟間，葉瑋珊又說：「不過你只不讓瓊來拜訪，這很難解釋呢。」

「那乾脆全拒絕吧。」沈洛年說：「我這幾天也想把經脈記熟一點，免得忘了又要重算一次，大家沒事還是少來找我。」

提到正事，葉瑋珊不再說笑，她收起笑容說：「我會交代的。」

「沒這麼嚴重。」沈洛年說：「妳想來隨時可以來。」

葉瑋珊卻咬唇說：「我又不是小純，沒事怎能跑來？」

沈洛年微微一怔，看著葉瑋珊透出的複雜情緒，他停了幾秒，終於說：「沒什麼事的話，那些經脈圖解，早點拿給一心吧。」

聽到賴一心的名字，葉瑋珊那股帶著點徬徨的氣息倏然散去，她捏緊手中那卷紙，擠出笑容說：「洛年，在二樓輪值的守衛我都已經交代過了，如果有什麼事情，你隨時可以請他們找我。」

「知道了。」沈洛年說。

「那……我走了，你加油。」葉瑋珊彷彿逃避一般地轉過身，快速地走出房間。

沈洛年思忖片刻，輕嘆了一口氣，照著這幾日學到的經脈之學運行，心情逐漸穩定，漸漸進入定靜之中。

□

這樣一面熟悉經脈一面鍛鍊精智力，日子倒也是一下就過去了，到了虯龍族來訪的那一日，沈洛年主要經脈大概都已熟悉，但這也不過近半而已，有關那特別瑣碎繁細的皮絡諸脈，除了開啓時間能力同時推動之外，還沒法讓它們自動一起運行。不過就這麼運行了幾日過去，體質確實有些變化，道息凝聚培育的速度也頗有提升，比之前以螺旋狀在體內亂轉的效率又高了不少。

而當開啓時間能力，迫使經脈同時以道息運轉，也就是全身各處同時布滿道息的時候，那種身軀彷彿和仙界產生聯繫的異樣感應，也比過去更爲強烈。

可是異樣感雖增強不少，卻和過去一樣，除這份感覺之外，也體會不出什麼特別的東西。但既然可以順便鍛鍊精智力，加上這樣似乎也可以提高經脈熟悉速度，倒也是個不錯的修煉方式，至於這樣用道息淬鍊身體，除了可加速仙化、讓身體更強壯之外，還有沒有其他好處，沈洛年也不抱什麼期待，反而偶爾會有點擔心，自己會不會練著練著，莫名其妙打開了通道，最後掉到所謂的仙界去？

上次虯龍來訪，只交代了月圓之夜將聽取回覆，沒說確定時間，若沒預先準備好，說不定會惹怒了虯龍。所以在日落之前，共生聯盟已經派人四面邀請，讓眾人聚集在城西北處的子字區空地。

城內這四個角落，本就放置了許多下方有輪的高木台，沈洛年第一次來的時候，還不明白那些木台的功能，經過了這段時間，他已經了解，那是讓變體者、引仙者納聚炁息的地方，只要將木台推到城牆邊緣，變體者即可在炁息充足的情況下直接飛越出城牆戰鬥。

若鑿齒攻上城牆，那時對方妖炁已散，也打不過木台上炁息充沛、準備妥當的變體者；而若萬不得已敵人攻上木台，木台可以隨時放棄甚至放倒，反正敵人只要一落地，就會散去炁息，自然可以改用槍砲對付。

也就是說，就這麼單純的城牆加上木造高台的設計，就建立起了四道以上的防線。

今夜城內高度相近的穩固木台，大都集中到了這個地方，湊成一個數十公尺寬的大高台，上面還鋪了一片片交錯疊開的藤編草蓆，雖然近看可以感覺到木台高低頗有不同，但遠望不易分辨，倒也頗爲美觀。

此時高台下方，除了白宗、總門、共生聯盟這三個團體之外，還匯集了數萬名關心今日對談的人民。

這幾日，共生聯盟不斷地遊說人民，贊成他們的民眾越來越多，加上總門與白宗雖然不肯允諾，卻也沒法做出堅定宣示，所以贊成共聯想法的人們，到昨日已經增加到七千多人；這時那七千多人，正和共生聯盟的數百名變體者整齊地站在東側一角，和其他人隔著一道封鎖線，由城內維持秩序的部隊，持槍在中間巡視，維持秩序。

畢竟此時城內大部分人仍排斥讓虯龍統治，兩方想法不同，所以在總門安排下，將這群人和其他人隔開，以免因距離過近而引起衝突。

當太陽從西方落下的時候，共生聯盟以張士科為首的二十人，開始從東面往台上移動，跟著總門的人也在呂緣海帶領下，從南面往高台上走，在西面等候的葉瑋珊見狀，也領著白宗眾人登台，同時那些所謂的意見領袖，也在這時候紛紛上台。他們大多不是變體者，又多半有了些歲數，爬那有些陡峭的樓梯時，不免有些心驚膽戰、舉步維艱。

各團體之前早已協商，白宗、總門、共生聯盟將會各派出二十人上台，加上那數十名所謂的民間意見領袖，百餘人分從三面站在高台頂端，望著西方的夜空等候。

台上，總門、白宗、共聯站在內圈，那些意見領袖站在外圍，這是為了避免虯龍突然翻臉，那些人並非變體者，毫無抗力，站在前面只能送死……不過話說回來，虯龍若是翻臉，是不是變體者，恐怕差異不大。

沈洛年為了不引人注目，在血飲袍外多披一件普通式樣的外衫，爬上高台之後，也站在白宗的後排，躲在高大健壯的賴一心身後，偷偷往外打量。

但上去沒多久，總門和共聯那端的人，都注意到了沈洛年的存在，這倒不是因爲沈洛年沒躲好，而是隨著眾人逐漸引炁，白宗上台的二十人中，竟有一個體無炁息的人，難免引人注意，就算戴上面具，恐怕也會被發現。

這件事眾人也心裡有數，見上台沒多久，無論東面還是南面，不少人目光都掃了過來，正在引炁入體的葉瑋珊，回頭低聲說：「洛年，似乎大家都發現你了。」

「沒關係。」沈洛年說。

反正已經被發現，沈洛年不再顧忌，目光往東面、南面望去，共生聯盟那兒，除了張士科、陳青之外，沈洛年只認得何昌南、何昌國兩兄弟，總門那端，除了呂緣海、狄靜之外，只有賀武與牛亮兩人是熟面孔。

沈洛年在偷看別人，別人也正看著他，共生聯盟那兒的氣氛還好，總門那端雖然都沒什麼特別的表情，但望過來的目光，十之八九都帶著恨意與懼念，這也難怪，自己殺了他們百多人，對方不恨自己也難。

不過有個人倒是例外，似乎不怕自己？那是一個四十餘歲的中年人，他戴著頂鴨舌帽躲在人後，那對小小的眼睛，賊兮兮地在白宗人身上溜來溜去，除了一開始多看了自己兩眼之外，大部分時間都在白宗幾個年輕女孩身上停留，那雙眼睛頗不老實。

這時大多數變體引仙者都在引炁入體，那人自然也不例外。沈洛年多瞄了兩眼，突然察覺不對，他湊到葉瑋珊耳後說：「總門那兒，站第三排左邊後面，戴帽子躲著的那人，妳認得嗎？他身上不是變體者的炁息。」

「誰？」葉瑋珊有點意外，目光掃過，但那人縮在人後，只露出半個腦袋，葉瑋珊一時也認不出來。

「他身上帶著獵行的妖炁。」沈洛年補充說。

葉瑋珊一怔，轉頭說：「小睿。」

「宗長？」吳配睿微怔走近。

「總門第三排左二。」葉瑋珊說：「那人是不是……」

吳配睿目光隨著葉瑋珊的指示掃過，馬上臉色一變說：「是那個渾蛋！他到這地方來幹嘛？」

「眞是他？」葉瑋珊皺眉說。

「誰啊？」沈洛年莫名其妙。

吳配睿火氣正大，咬著唇沒開口，葉瑋珊低聲解釋說：「吳達，小睿的繼父。」

「那人不是被關了嗎？」沈洛年詫異地說。

「所以才奇怪。」葉瑋珊轉頭對其他人說：「你們覺得呢？」

「應該是和總門交換了什麼條件。」黃宗儒說：「那人無論做什麼，我們看在小睿的份上，都不大可能下辣手……」

「他敢亂來就揍他！」吳配睿低聲罵：「不用顧忌我。」

「就算我們宰了他，對總門來說也沒什麼損失。」黃宗儒說：「不過我們今天和總門是同一陣線，帶這人來做什麼？是怕我們臨時變卦嗎？」

「或者……他們自己準備臨時變卦？」奇雅說。

「不管誰要變卦，那人能怎麼對付我們？」葉瑋珊皺眉說：「動手當然不可能……栽贓抹黑嗎？訴求的對象難道是虯龍？」

黃宗儒思考了片刻，最後還是搖頭說：「想不通。」

「宗長。」奇雅低聲說：「萬一總門突然決定投降呢？」

葉瑋珊思索片刻，搖頭說：「照原來的計畫。」

「嗯。」奇雅點點頭退開。

葉瑋珊不是沒想過這可能性，多少人投降其實不是重點，重點是虯龍到底會不會以力服人，若會，恐怕是非降不可，若不會，自然大有斟酌討論的餘地，總門立場會不會改變，倒不是眼前最重要的事情。

時間一分一秒地過去，月亮逐漸升高，台上眾人沉默地等待著，下方民眾雖然不時傳來壓抑著的私語聲，但大多數人仍保持著靜默，台上、台下的氣氛都頗沉重。

虯龍族並沒有讓人類等候太久，天色完全入黑後，過了約莫一個多小時，沈洛年首先感覺到西方幾股炁息正快速接近，不禁輕噫了一聲。

「怎樣？」早已經等得不耐煩，擠在沈洛年身旁等消息的瑪蓮眼睛一亮說：「來了嗎？」

這一聲引得周圍目光都轉了過來，奇雅輕叱說：「小聲點。」

「不小心的。」瑪蓮乾笑著壓低聲音說：「洛年快說。」

「三個人，嗯……該說三條龍？」沈洛年望向西方說：「速度很快，馬上就會到了。」

眾人聞言，自然而然地將目光往西方望，高台上的其他人，也不由自主地跟著往西看，果然不用多久的工夫，夜空中出現了三條人影，也許因爲不用帶人，這次虯龍並非以龍形顯現。

隨著距離越來越近，虯龍族減速的同時，眾人也漸漸看清了對方的身形，張志文首先低聲說：「敖旅也來了。」

果然三人中，有一人看來正是半年前曾在澳洲遇上的敖旅。在這三人中，他當中領頭前飛，帶著身後兩人，在歲安城上方快速地繞行了一圈，這才飄落西北角的這個高台上。

這三個虯龍族妖仙，看來都是青年，三人長相相似，彷彿兄弟一般。其中外型三十多歲的敖旅看來年紀最長，濃眉大眼、相貌堂堂，淵停嶽峙地站在高台北端，他目光雖不銳利，卻帶著一股懾人的氣度，掃過眾人時，不少人忍不住低下頭，不敢與他對視。

他左後方站著一名看似二十七、八的青年，那人膚色稍白，臉上帶著一抹淡淡的微笑，他目光頗爲柔和，似乎不難相處。

最後一個，站在敖旅右後側的青年，年紀又顯得更輕了些，似乎只有二十出頭，他膚色較黑，臉上的笑容還有點天眞，正頗有興趣地睜大眼睛四面張望，彷彿只是被兩個哥哥帶出來玩的小弟。

他們兩人和敖旅一樣，都穿著青色鱗甲串成的戰袍，身後都揹著一把古樸寬劍，這似乎是虯龍一族的標準配備。

敖旅目光掃過眾人後，最後停在白宗這面，他微微點頭說：「葉宗長，還有……沈小兄，你們果然也在這兒，上次碰面到今日，已經快半年了。」

「敖旅先生還記得我們，是白宗的榮幸。」葉瑋珊微微回了一禮，至於沈洛年，只點了點頭，還是沒往前走。

兩方這一對答，總門和共生聯盟臉色都是一變，他們都不知道白宗和虯龍族早已認識，臉色一直淡然自若的共聯盟主張士科，神色不禁凝重了起來。總門呂緣海等人更是彼此交換著目光，口唇微動，似乎正商量著。

「各位好，本人敖旅，這是我族弟敖彥與敖盛。」敖旅簡略自我介紹之後，目光一轉，停在張士科身上說：「張先生，事情辦得如何？」

張士科見狀，跨前一步躬身說：「旅殿下，各地人族剛遷移到此處，還來不及產生帝王或統治者……不過我共聯族七千餘人，已決定奉虯龍為尊。」

什麼叫「共聯族」？那七千人什麼時候變成一族了？這一瞬間，每個人都訝異地看著張士科等人。

「喔？」敖旅微微一笑說：「雖然有點取巧，也是個辦法，也就是說，其他人不願意？」

「歲安城中，還有兩族統領。」張士科手一指說：「分別是總門的呂緣海門主，以及白宗的葉瑋珊宗長兩位，我雖然已經轉告龍族旨意，但他們似乎還沒做出決定。」

敖旅微微點頭，目光轉過說：「張先生曾說過，如今歲安城內，是由一個自稱『道武門總門』的機構統管著，至於白宗，雖然具有實力，卻沒有干政……你們兩方的想法呢？」

畢竟在情在理，都應該由呂緣海先出面，他和葉瑋珊對視一眼後，踏前一步微微躬身說：

「敖旅先生，在下呂緣海，暫任總門門主……張盟主雖然有略作轉述，但其實我們並不算完全清楚諸位的來意。」

「呂門主。」張士科插口說：「願不願意奉龍王爲尊，並沒有這麼複雜。」

「張盟主。」呂緣海微笑說：「我相信您已經盡力解釋了，但既然您說不清楚利弊得失，還是直接向敖旅先生請教更明確一點。」

這話直指張士科能力不足、辦事不力，他臉上微微一變，正想開口，敖旅已經先一步說：「呂先生，你想問什麼？」

「正如我剛剛所言，利弊得失！張盟主除吹噓優點之外，缺點完全不提。」呂緣海收起笑容，挺起胸膛說：「道境重返的這一年，人類猝不及防、遭逢大亂、死傷慘重，好不容易把殘餘的人口集中到了這個地方，卻又外有妖禍，內有隱憂……虯龍一族據說是這世間最強大的妖仙族，我等仰慕已久，但貴我兩族是否該發展更密切的關係，應該等彼此更了解之後，再做考量才是。」

「你還好意思說猝不及防？」陳青忍不住大聲說：「若不是你們聯合各國政府把消息掩蓋，又一直試圖和妖仙各族對抗，完全不聽我共生聯盟的勸告，讓人類及早避難，人類怎會落到這種下場？」

站在呂緣海後方的狄靜，冷哼一聲說：「若不是你們猛扯後腿，到處破壞，使我方無法完成小型息壤丘計畫，第一次道息大漲，豈會有這麼嚴重的後果？人類又何必躲到這一個小島上？」

原來這兩方幹了這些事？沈洛年與白宗等人還是第一次聽到，如瑪蓮等幾個性子比較急的，忍不住都瞪了兩方幾眼。

陳青正想繼續說，張士科伸手一攔，搖手說：「這時豈是爭執這種事的時候？旅殿下請勿見怪。」

敖旅不置可否地點點頭，看著葉瑋珊說：「葉宗長的想法呢？」

葉瑋珊望著白宗眾人一眼，回頭正視著敖旅說：「我聽說……虯龍族男多於女，所以希望人類每隔五年，提供三百童女入龍宮，爲龍族婢妾？」

這話一說，除了白宗核心人物之外，周圍人臉色都是一變，卻見敖旅微微點頭說：「細節還可以討論，但整體而言，是這樣沒錯。」

呂緣海聞言，臉色一沉，望著張士科說：「這件事情，張盟主難道不知？」

張士科一愣，張大嘴，一時說不出話。

「你這個騙子！」「叛徒！」「出賣人類的混帳！」幾個性子急的，已經忍不住朝張士科開口痛罵，高台上的對話，下方隱隱也能聽到，這些對話口耳相傳地往外送，下方人群逐漸騷亂起來，連贊成的那七千人，似乎都有點動搖。

張士科的計畫似乎被葉瑋珊突然冒出的這句話打亂了，他忙說：「你們誤會了。」

陳青也跟著喊：「那件事不是這個意思。」

但敖旅剛剛都已經親口承認，這時願意聽他們說話的人已經不多，高台上下的騷亂聲越來越大，張士科見狀，運炁外散，大聲說：「諸位稍安勿躁！聽我解釋。」聲音配上炁息往外散出，下方眾人聽得清楚，終於慢慢安靜下來。

「龍宮爲僕，那只是一份工作，純屬自願。」張士科肅然說：「至於妾侍，更是誤會，我願意以性命保證！絕不會有強逼的事情發生……當時就是怕引起誤會才沒說明，以後自然會給大家一個交代。」

這話一說，雖然不相信的人還是不少，但至少那七千人已經穩定了下來。張士科回過頭，望著敖旅等三人說：「旅殿下，這些枝微末節，現在不用在意。」

敖旅回頭看了身旁那白臉的敖彥一眼，搖搖頭說：「現在的人類，比過去的人類麻煩不少。」

「是的，旅哥。」敖彥露出笑容說：「張先生的做法，倒也省了些工夫。」

「嗯，就這樣吧。」敖旅回頭，對眾人說：「虯龍一族，不會勉強人類尊奉我族，這件事，本該等到道息再漲，我族龍王降臨後，再和人族帝王商談。但此時鑿齒已經圍城，道息再漲之日，刑天勢必率領鑿齒攻城，這息壤城牆恐怕難以抵擋，我族才提早前來……請問，如今人族中以誰為尊？」

呂緣海微微一怔，又看了葉瑋珊一眼，這才開口說：「我族未來法規制度尚未建立，也還沒決定誰是領導者，不過現在歲安城中的大小事項，由本門負責，而本門則暫時以我為首……有關尊奉虯龍一族之事，此時決定太過倉促，我認為應該慢慢討論、從長計議。」

敖旅不置可否，轉頭說：「葉宗長呢？」

從張士科冒出「共聯族」這名詞後，葉瑋珊就覺得頗不妙，但此時她也想不出問題所在，只好開口說：「我們對虯龍的管治方式，毫無概念，我也認為應從長計議……不過龍宮如需聘用僕役，相信我族可提供一定的協助。」

「正是。」呂緣海不像葉瑋珊早已知道此事，反應稍慢了些，但一經提醒，馬上說：「虯龍族與我族可以從事務面先行合作，比如從人力提供以及對外協防……」

敖旅揮揮手，止住了呂緣海，目光轉向張士科說：「共聯族？」

張士科點點頭開口說：「因人族治權尚未統一，我共聯族不受總門管轄，將尊奉虯龍族統治。」

「張盟主。」呂緣海揚眉說：「你在這時候，突然冒出個共聯族，到底是什麼意思？」

「歲安城內的人們全部都是世界各地的難民，本就不是一個統一的國家或種族。」張士科說：「我聚眾爲族，自行統治，有何不可？」

「我來解釋吧。」敖旅目光掃過呂緣海與葉瑋珊兩人，緩緩說：「共聯族之長，既同意我族統治，兩方締約之後，虯龍族與共聯族將聯成一體，這代表我們會協助他們統一當地人族，這樣你們了解了吧？」

「什……什麼？」呂緣海大吃一驚：「怎能如此？」

葉瑋珊也十分意外，忍不住開口說：「敖旅先生，這不合理。」

「怎麼不合理？」敖旅微笑說。

葉瑋珊說：「就算今日人族反對虯龍統治，日後仍隨時可以有十人、百人自稱一族，宣布接受虯龍統治，並藉虯龍之力征服人族……這樣的話，又怎能算得上由人類自行決定？」

「不。」敖旅搖搖頭說：「若發生同族內鬥的分離事件，我們會等到內亂結束，才聽取最後領導者的意見……但此時人族並未一統，各族分立，不受此限。當然，若人類意見能夠整合，尊奉我族，諸位自可一起合作；如今不比數千年前，會和我族爲敵的妖仙族極少，日後定少有戰亂，人族將可穩定安心地發展下去。」

當初早已討論過，若虯龍族來硬的，除了投降恐怕沒有別的選擇……一開始聽敖旅的口氣，似乎還挺尊重人類，但沒想到共生聯盟搞這花招，情況馬上起了變化。葉瑋珊腦海急轉，但卻什麼辦法都想不出來，而無論是奇雅、黃宗儒，或張志文、劉巧雯，每個人也都皺著眉頭，似乎誰也不知該如何是好。

「只能投降了嗎？」葉瑋珊雖然見眾人臉色不妙，仍不死心地問。

「我上去試試他們斤兩。」眼看眾人說不出話，賴一心臉色一凝，雙手往後伸，想拔黑矛。

葉瑋珊一怔，忙說：「一心，別……」

她剛說到一半，賴一心雙手已經被沈洛年從後抓住，他掌心道息泛出說：「聽瑋珊的，別衝動。」

賴一心本就沒提防身後的沈洛年突然出手，何況他近在咫尺，就算想提防也未必提防得了。賴一心揹在身後的兩手炁息散佚，比蠻力又比不過鳳凰換靈的沈洛年，他苦著臉說：「洛年，原來你不怕炁息是這意思？」

「是啊，得罪了。」沈洛年低聲說：「你別再運炁息過來，只是浪費。」

「一心，聽我的好嗎？」葉瑋珊忙說：「別再添亂了。」

「他們也不是三頭六臂，不打看看怎麼知道？」賴一心還不大甘願。

「他當初敢帶著梭狪走，肯定比梭狪、山魈都還強。」葉瑋珊低聲說：「你糊塗了嗎？」

賴一心一怔，沈洛年也跟著說：「確實比梭狪強大，何況來了三個？他們想毀了這城都不難。」

「難道眞要投降？」賴一心皺眉說。

要落地靠著息壤磚的效果拚看看嗎？葉瑋珊還說不出話，也正低頭商議的總門那兒，突然有人出聲說：「敖先生，可否請教一個問題？」

眾人目光轉過去，吳配睿一怔說：「那渾蛋要幹嘛？」卻是剛剛開口那人，居然是吳配睿的繼父，吳達。

敖旅望著吳達，點頭說：「當然，這位怎麼稱呼？」

「我叫吳達。」吳達頓了頓，走出總門的人群說：「是白宗的人。」

聽到這兒，吳配睿忍不住叫：「你別太過分！你算什麼白宗人……」她喊到一半，已經被黃宗儒拉回隊伍。

「慚愧慚愧，那潑辣女孩是我女兒。」吳達攤手說：「她和我處不來，還好我總門有些朋友，所以躲在這兒，讓敖先生見笑了。」

敖旅對這種事沒興趣，只望著吳達說：「你有什麼問題想問？」

「我要說的話可能會得罪人，爲了我的安全，我可以走近點說嗎？」吳達笑說。

敖旅自然不怕人類變什麼花樣，微微點頭說：「我會保護你安全。」

「那我就說了。」吳達走近兩步笑說：「虯龍族自稱能保護、統治人族，想必有過人之能，但知道虯龍能耐的人類實在太少，諸位也完全沒做展示……若有人因此不服，和諸位起了衝突，進而受傷或死亡，對彼此都不是好事，若能稍加展示，讓人類不敢另有異心，也能減少衝突，不是兩全其美嗎？」

這話連白宗的人都覺得有道理，若能看清虯龍族能力，自然更容易決定進退，這時吳配睿也不吭聲了，只訝異地看著吳達。

敖旅聞言，點頭說：「頗有道理。」

「我還有一個問題。」吳達受了鼓勵，咧嘴笑說：「若虯龍族保護我們的過程中，出現了強大的妖怪或人類，在我族中燒殺搶掠、違法亂紀，而我們因能力不足，沒法制止，不知虯龍族會如何處理？」

「當然會出手制止或擒殺。」敖旅淡笑說：「這是我們的責任。」

「那就太好了。」吳達說：「有個無惡不作的凶殘惡徒，曾一夜中殺害城內數百條人命，但他能力高強、無人能敵，到今天仍逍遙法外，沒有人敢對付他……如果諸位能展示能力，將他擒殺正法，豈不是一舉兩得？」

「竟有此事？但可不能讓我幫你們找人啊。」敖旅微微搖頭，對吳達出了這種題目，頗有點不滿意。

「不用找，那人就在這兒。」吳達往白宗一指，比著正往後方人群鑽的沈洛年說：「就是那個叫作沈洛年的小子！」

吳達說到一半的時候，白宗眾人已暗叫不妙，葉瑋珊連忙叫沈洛年開溜，但沈洛年這時若突然爆出妖炁逃跑，反而會引起注意，他只好慢慢撥開後方的人群往後退，沒想到吳達下一句話就指了過來。

沈洛年正想催出凱布利逃命，但他剛凝聚了妖炁，那白面青年敖彥與年輕人敖盛妖炁爆起催動，彷彿電閃一般，倏然出現在高台西端，攔在眼前。眾人慌忙散開的同時，敖旅也正往這走近，一面搖頭說：「沈小兄，那人說的是實話吧？」

看對方速度如此之快，沈洛年心一涼，知道自己應該跑不掉了，他踩在凝聚妖炁的凱布利上，轉回身正想開口，那端吳達大聲喊：「當然是實話，當時白宗與總門有數千人在場，幾千個證人看得一清二楚。」

這時強辯也只是拖時間，沈洛年深吸一口氣，望著敖旅說：「是又如何？」

「當年龍王為人類定下的第一條法規，就是殺人償命。」敖旅收起笑容，凝視著沈洛年說：「你還有什麼話想說？」

《噩盡島12》 完

美乃滋・洛年・嗚嗚茲拉？
不對，是啥來著？

下集預告

噩盡島 13　9月　出版預定

血戰歲安城！

刑天鑿齒大軍攻城，
禁忌武器噬血登場，
人類存亡繫此一戰……

莫仁《噩盡島》精彩完結篇．轟動登場！

國家圖書館出版品預行編目資料

噩盡島 / 莫仁 著.——初版.——台北市：
蓋亞文化，2010.08-
冊；公分.

ISBN 978-986-6473-88-3（第12冊：平裝）

857.7 98015891

悅讀館 RE222

噩盡島 12

作者／莫仁
插畫／YinYin
封面設計／克里斯
出版社／蓋亞文化有限公司
地址◎ 台北市103赤峰街41巷7號1樓
電話◎（02）25585438 傳眞◎（02）25585439
臉書◎ www.facebook.com/Gaeabooks
部落格◎ gaeabooks.pixnet.net/blog
電子信箱◎ gaea@gaeabooks.com.tw
投稿信箱◎ editor@gaeabooks.com.tw
郵撥帳號◎ 19769541 戶名：蓋亞文化有限公司
法律顧問／義正國際法律事務所
總經銷／聯合發行股份有限公司
地址◎新北市新店區寶橋路235巷6弄6號2樓
電話◎（02）29178022 傳眞◎（02）29156275
港澳地區／一代匯集
地址◎九龍旺角塘尾道64號龍駒企業大廈10樓B&D室
電話◎（852）27838102 傳眞◎（852）23960050
初版六刷／2015年7月
定價／新台幣 220 元
Printed in Taiwan

GAEA ISBN／978-986-6473-88-3